DES MÊMES AUTEURS

Derniers ouvrages parus:

Jean-Bernard Pouy et Patrick Raynal:

- CHASSE À L'HOMME, Ed. Mille et Une Nuits (2000)

Jean-Bernard Pouy:

- EN HAUT DUMAS (illustrations de Philippe Lechien) Ed. Eden (2002)
- TRAIN PERDU WAGON MORT coll. Rail Noir, Ed La Vie du Rail (2003)
- SERIE NOIRE n° 2680, H4 BLUES Ed. Gallimard (2003)
- NYCTHÉMÈRE, Ed. Les Contrebandiers Éditeurs (2004)

Patrick Raynal:

- LE TENOR HONGROIS coll. Gulliver, Ed. Flammarion (1999)
- CORBUCCI, Ed. Albin Michel (2001)
- EX, Ed. Denoël (2002)
- KIDU Coll. Rat Noir, Ed. Syros (2003)

ISBN : 2 - 915438 - 04 - 8

LA FARCE DU DESTIN

JEAN-BERNARD POUY

PATRICK RAYNAL

LA FARCE DU DESTIN

comédie

1

Ce n'est pas un vallon frais où coule une rivière. C'est un rade du onzième. Personne n'a de trous rouges au côté droit, mais il y a au moins trois verres de rouge devant chaque habitué accroché au comptoir.

C'est le matin. Un dimanche matin. C'est dire que la lumière venant du dehors est glauque. Le jour du Seigneur est généralement moins lumineux que les autres jours de la semaine. On ne sait pas réellement pourquoi, mais c'est comme ça. Les sons, ce jour-là, ne sont pas non plus les mêmes. Peut-être parce qu'il y a moins de bagnoles dehors. Sans doute aussi les gens marchent-ils moins vite et parlent moins fort, puisqu'ils se reposent. Tout le monde est concentré sur le ticket du Quinté Plus. Sur ce qu'il va y avoir à bouffer dans les assiettes et à la télé.

Au fond du café, rangé derrière une de ces incontournables tables de formica où trône le kalanchoé des familles, il y a un vieux, un de ces anciens immémoriaux stagnant dans les arrières salles de bistrot, attendant on ne sait trop quoi, sinon le râle final.

Mais il dénote, il détonne, il surprend. D'abord, il lit l'Huma-Magazine, qui n'est pas la littérature supposée dominante au " Jean-Bart ", où le champ sémantique provient plutôt des pages courses du Parisien. Ensuite, il est ce que la vulgate populaire appellerait un noble vieillard. Quelque chose dans le regard. Un port altier que l'on voit quelquefois dans les tableaux de la Renaissance. Une barbe merveilleuse, fleurie, le genre de barbe qui aurait flanqué la jaunisse à Charlemagne.

Il n'y a aucune consommation sur sa table. Pourtant, Jean-Claude, le garçon, sait bien que le client est là, puisqu'il nettoie énergiquement les tables d'à côté en lui coulant, de temps à autres, un regard attendri.

Donc le vieillard attend. Un ami, un convive, une relation, un autre habitué. Une femme, peut-être ? Allez donc savoir en ces temps où la chimie redresse les vieux troncs que l'âge a abattus, pour la plus grande joie des gamines qui peuvent enfin chevaucher d'un même élan le sexe et la sagesse.

Et la porte du café s'ouvre en cliquetant. Le vieillard lève ses yeux délavés, et lâche un petit sourire en voyant entrer un de ses congénères. Car le nouvel arrivant est lui aussi un vieux bonhomme, un de ces anciens dont on se demande comment ils ont fait pour parvenir jusqu'à nous et à qui il est impossible de donner un âge sans recourir au carbone 14. Mais là s'arrête toute ressemblance tant leur vieillesse est différente. Le premier semble porter la sienne avec une sérénité biblique alors que l'autre la brandit comme une provocation grinçante. Propret, les cheveux noirs gominés en arrière, gainé d'un Perfecto et d'un pantalon de cuir sombre qui ne laissent rien ignorer de sa maigreur voûtée ni de sa virilité flétrie, un bouc pointu au menton et deux grosses bagouses aux doigts, il arpente la salle du bistrot sur ses Santiags biseautées comme un de ces rockers de banlieue dont la vie s'est arrêtée avec le dernier microsillon de Vince Taylor. Il s'avance à petits pas précis vers la table du fond, tire la chaise, s'assoit et remarque le journal.

– Alors ? Ça roule ?

– Non. Ça boume.

Le serveur se pointe aussitôt, la serviette sur l'avant-bras, et leur serre respectueusement la main.

– Diabolo et Trappiste, comme d'habitude, messieurs ?

– Comme d'habitude, fils, répondent en chœur les deux pépouses.

Dès que le garçon a tourné le dos, le dernier arrivé sort de son veston sombre un petit tapis de jeu en feutre vert. On ne sait pas pourquoi, mais on sent, à la précision des gestes, qu'ils ne vont pas taper la coinche pour savoir qui paie la tournée. On sent plutôt que l'heure est grave et que chaque minute compte, comme on dit à la SNCF.

– La SNCF… Sauvons Nos Clochards Fatigués, rigole le noble vieillard.

– Ouais, je sais… Sur Neuf Cinq Fainéants, Saluons Nos Crésus Fatigués et autres balivernes réactionnaires du même tonneau… Arrêtez de lire dans ma tête… C'est fatigant et c'est de la triche.

– Désolé, mais c'est comme une seconde nature. *Lui* seul a le pouvoir de sonder les reins et les cœurs… Ça doit même être écrit quelque part.

Le petit vieux propret ricane.

– Pour ce qui est de la pub, je vous fais confiance. Rabelais lui-même a bossé pour vous : *à Dieu, rien d'impossible et, s'Il voulait, les femmes auraient dorénavant leurs enfants par les oreilles…*

– J'avoue que j'y ai pensé… L'ennui c'est que ça compliquait vachement le processus de la conception. Imaginez un peu le mâle en train de…

– Ça va comme ça, coupe le gominé d'un air dégoûté, et ne me dites surtout pas que seules les voies du Seigneur sont impénétrables.

Ils se jaugent, se sondent, cherchent la faille.

– Votre pudibonderie me surprendra toujours, mon cher. On voit bien que vous n'avez pas eu à mettre les mains dans la création. Vous feriez sans doute moins le malin.

– Comme disait ce connard de Descartes, vous avez toutes les perfections. Dommage qu'il m'ait échappé celui-là. Je lui avais réservé un poêle de ma façon.

– Moi qui croyais que la vengeance se dégustait mieux froide... À propos de Descartes...

Et, souriant de son jeu de mot, le barbu sort un jeu de cartes. Genre tarot de Marseille. Un gros paquet de belles figurines diverses, à la facture un peu désuète, mais aux couleurs pétantes. Il les mélange longuement, prenant son temps, c'est vrai que le temps, pour lui, est une donnée toute théorique.

– Bon, on joue ? s'impatiente le gominé.

– « Le jeu, c'est un corps à corps avec le destin », disait Anatole France...

– *Le Jardin d'Epicure*, éditions Calmann-Lévy, 1949, page 17. Je sais, je sais... Mais « L'homme qui prédit l'événement fait lui-même partie de l'événement, ce qui fait que la prédiction devient cause... »

– Alain, *Propos*, 15 Octobre 1926.

Les vieux se taisent pendant que Jean-Claude dispose soigneusement sur la table les consommations et une petite assiette de chips. Il prend tout son temps, fasciné qu'il est par le tas de cartes dans les mains du beau vieillard.

– Je comprends toujours pas, les grands pères... J'ai jamais vu ça. Et pourtant, hein, j'ai servi au casino de Forges-les-Eaux pendant trois ans, alors... C'est quoi, exactement, les règles ?

– C’est compliqué. C’est un peu comme des trucs de jeunes… Les jeux de rôle, ce genre de binz…

– Ah ouais, tiens, mais c’est bien sûr, un truc de jeunes, j’suis con aussi… marmonne le garçon en repartant vers le comptoir où viennent de s’accrocher une bande de pmuïstes effrénés.

Les vieux se gondolent poliment. Et puis, enfin, le chenu divise le tas de cartes en deux et en donne une partie à son co-variqueux. Personne ne regarde son jeu, comme si ça n’avait aucune importance. L’homme au bouc est tout rêveur, il contemple ses bagues d’un air un peu tristounet.

– J’aime bien le Dimanche, même si ça m’arrache la gueule de le dire. Je me suis fait chier cette semaine que c'en est à peine croyable.

– Normal, rigole le beau vieillard. Une seconde loin de Dieu est une éternité de souffrance. Alors toute une semaine…

– Cessez un peu de tout ramener à vous, Bon Dieu ! Enfin, je veux dire, par le Diable ! C'est fatigant à la fin. Je connais l'éternité aussi bien que vous et c'est la première fois que je la trouve aussi longue.

– Surtout vers la fin, comme disait Woody Allen, mais je suis d’accord avec vous. Je ressens confusément la même chose.

– Ah bon? C'est pourtant pas le boulot qui vous manque. Je voudrais pas critiquer, mais votre création commence sérieusement à ressembler à un pétrolier uruguayen dans la tourmente.

– Grâce vous soit rendue, vous n'y êtes pas étranger, mon bon Lucifer. L'ennui c'est que le monde a une drôle de tendance à faire le boulot à notre place.

– Vous trouvez aussi ? Mais de quoi il se mêle, ce foutu monde ? On était quand même là avant lui.

– Certes… Bon, Lulu, c'est à qui de jouer ?

– C'est à moi, répond le vieux bouc. Excusez-moi, tout ça me trouble un tantinet. C'est con, mais je me demande de quoi l'avenir sera fait.

Il regarde son tas de cartes, fouille dedans, en sort une et l'abat sur le tapis. Avec un sourire sardonique. Sur la figurine, un mec en robe de bure marronnasse.

– Un moine ?

– Ben quoi Gégé, ça vous défrise ?

– Vous rigolez ? Défriser Jéhovah ? Hercule lui-même ne s'y serait pas risqué. C'est juste que, pour répondre à vos interrogations sur l'avenir, je vois, pour vous, le chômage se profiler à l'horizon.

– Ah ça…

– Bon… Voyons ça.

Les deux vieux se penchent sur la carte.

2

C'est le matin, et donc, à l'Abbaye, ce sont les matines.

La chapelle est sombre. Une faible lueur laiteuse parvient à se faire un chemin à travers les petits vitraux perçant des murs qui datent, vue leur épaisseur, au moins du XV° siècle, ce qui laisse à penser que le jour vient à peine de sauter du lit. Pour les moines et les frères agenouillés pieusement sur les grandes dalles d'ardoise, cela ne fait pas beaucoup de différence : ils savent bien que, quelle que soit l'heure de la journée, leur perception de la luminosité du jour breton ne dépassera pas cette vague impression d'être coincé sous un pommeau de douche.

La trentaine de reclus, le nez dans les textes sacrés, psalmodie l'office. Certains, conscients d'avoir une belle voix, le marmonnent un ton au-dessus des autres tout en respectant la sobriété imposée à la fois par le lieu et par ce devoir de modestie qui les oblige à ne pas pousser leur organe jusqu'à confondre prière et beuglant mystique. C'est que la règle cistercienne est stricte. Sans être aussi rigide que celle réservée aux fondus de la Trappe, elle bannit toute manifestation d'individualisme et, vue d'en haut – du plafond de la chapelle, par exemple – l'assemblée des convers en oraison est d'une homogénéité propre à impressionner un moine tibétain de passage. Immergés jusqu'à la tonsure dans le Texte qu'ils affectent de lire alors qu'ils le connaissent par cœur, ils prient de conserve dans une immobilité telle que c'est un miracle si leurs pauvres genoux échappent aux escarres.

Dans la chapelle, c'est le vide ou presque. Au fond, quelques chaises et deux grands bancs de bois à l'usage des fidèles des rares offices publics. Au milieu, face à un autel de pierre aussi brut de décoffrage qu'un dolmen et flanqué de deux gros porte-cierges en ferraille, un prie-Dieu vide et trois lutrins bancals semblent attendre une improbable visite épiscopale. De part et d'autre de l'autel, partiellement masquées par les pauvres défroques des moines en prière, quatre rangées de stalles de bois usées par des générations de génuflexions luisent faiblement dans la sombre lumière qui tombe des vitraux. Seule note discordante dans cet univers voué au dénuement, posée bien au centre de la dalle grise, comme éclairée de l'intérieur bien que baignant dans une ombre propice, ciselée comme du Canova, hérissée de mini-pilastres torturés et entièrement couverte de petits bas-reliefs d'argent relatant la vie douloureuse mais méritoire de Saint-Tugdual, resplendit une magnifique châsse dorée.

Impossible de la manquer, c'est le seul signe extérieur de richesse en ces lieux d'étude et de recueillement.

3

– Tugdual..., fait Gégé d'un ton légèrement agacé. Pourquoi pas Tupétu ou Guénolé ?

– Ben quoi ? Qu'est ce que vous lui reprochez ? De puer de l'auréole ?

– Non, mais vous en connaissez beaucoup vous des gens qui s'appellent Tugdual ?

– Genre : « Eh, Tugdual ! En revenant de l'école tu me ramènes un kil de rouge...? » ricane Lulu. J'ai pas vérifié dans mes registres, mais je suis sûr d'en avoir un ou deux qui rôtissent. Bon, vous jouez ou vous passez ?

– Je joue, je joue... C'est juste que j'ai un peu de mal avec les saints bretons. Surtout les vieux... Ils ont toujours eu tendance à aller cueillir le Très Haut dans les branches d'un chêne.

– Vous voulez dire, au milieu des glands ?

– Ça va comme ça, mon vieux, grommelle Gégé. J'accepte Tugdual et vous m'épargnez vos blasphèmes.

– Non, non… Vous avez piqué ma curiosité. Il a fait quoi, votre ancien druide ? Il a converti ces bouffeurs de crêpes aux joies du pain azyme ?

– Vous êtes marrant, vous. Comment voulez-vous que je me souvienne de tous… ? Ah, ça y est, j'y suis… Tugdual… Également connu sous le nom de Tudy, Tual, Pabu, Paban et d'autres qui m'échappent pour l'instant…

– Pabu, pour un Breton, c'est pas triste…

– Disciple de Saint-Mandez, il fut l'un des sept fondateurs de la Bretagne. Il fonda aussi le monastère de Locmaria-Quimper ainsi que l'évêché de Tréguier. Saint-Louénan raconte qu'il réalisa plusieurs miracles au palais du roi Childebert dont celui de ressusciter un mort. On le fêta longtemps le 30 novembre avant de le déménager au 1° décembre. Mort en 553, il est depuis le patron des tisserands et des filatiers. Ça vous suffit ? parce que sinon je peux…

– Pas la peine. Et il y a quoi dans la grande boîte ? Un doigt de pied ? Sa langue ? Un prépuce, comme Saint-Ouen ?

4

Tout au bout d'une des rangées des moines priants, il y a Frère Antoine.

Sous la capuche, le fier visage d'un homme d'une cinquantaine d'années, buriné par une vie au grand air et une nourriture saine et équilibrée. Son immobilité déférente ne le désigne pas comme différent même s'il est, par sa fonction, au bout du dernier rang. Pourtant, il l'est. Bien que commençant à connaître par cœur les chants et prières de matines, il tient quand même, de temps en temps, à vérifier. Par modestie autant que par nécessité, car il tient surtout à marquer ainsi la subtile imparité hiérarchique qui le rend précisément... différent. Frère Antoine n'est que Frère. Un jour peut-être, il sera Père... Mais, comme au-dehors, ce n'est pas si automatique que ça.

Justement, là, il bloque, planté au milieu d'une strophe, le latin, il a toujours eu un peu de mal. Le livre qu'il avait fermé s'ouvre spontanément sur une feuille de papier et Frère Antoine se retient tout juste de ne pas psalmodier : cinq paquets de coquillettes, quatre barquettes de seize yaourts natures, trois bouteilles d'huile de tournesol, dix kilos de pommes à cuire, six paquets de douze rouleaux de papier toilette, trois liquides vaisselle, etc.

La liste des courses…

Frère Antoine soupire. Bien que ce soit là sa fonction au sein de la communauté, une tâche aussi humble que nécessaire et qui, comme le lui serine sans cesse le Père Abbé, « trouve toute sa nécessité dans son humilité même », il n'aime pas trop faire les courses. Pour tout dire, le centre Leclerc de Carhaix le gave. L'inanité incommensurable de la consommation tout azimut le dégoûte de plus en plus. La musique ambiante, mélange de percussions sourdes et de couinements gluants, lui hérisse les neurones comme l'horrible mixture d'huile de foie de morue et de confiture de fraise que lui faisait avaler sa mère lui hérissait jadis les papilles. Frère Antoine a horreur de tout ce qui lui rappelle sa mère. Pas seulement sa mère, d'ailleurs. En fait, Frère Antoine aimerait bien oublier toutes les femmes et, au Leclerc, les femmes sont partout. À croire qu'elles se donnent le mot pour être toutes là quand il arrive. Elles poussent leurs caddies avec une nonchalance étudiée et se déhanchent devant les rayons comme pour inciter les articles à sauter d'eux-mêmes dans le chariot.

Chaque fois qu'il va faire les courses, Frère Antoine, le moine tourier, le seul que la règle autorise à sortir de l'Abbaye, se sent damné par contamination et il lui faut au moins trois nuits d'oraisons fiévreuses pour oublier les sourires dévastateurs de toutes ces beautés innocentes. Comme ce n'est pas très pratique d'arpenter une grande surface les yeux fermés, il a supplié de nombreuses fois le Père Supérieur de tout faire pour revenir à la stricte et ancienne obédience et donc de produire dans les jardins de l'Abbaye ce dont ils ont besoin, le strict minimum, gage d'une saine autarcie. « Mon pauvre enfant, tu nous vois fabriquer du Cif Ammoniacal ? » lui répond toujours le Père Gilles.

Frère Antoine referme son missel, change de genou et tente de se concentrer sur le couplet invoquant les beautés radieuses de l'Immaculée Conception ce qui, comme d'habitude, aggrave notablement les choses.

Quand il voit le Père Gilles se lever, au premier rang, et quitter la chapelle, il se redresse également, grimace, putain de lumbago, et rejoint son directeur de conscience.

Celui-ci l'attend devant le réfectoire, lui tend, sans un mot, le carnet de chèques de la communauté et les clefs de la 4L. Les yeux humblement baissés, Frère Antoine, transpercé par le regard acéré d'aigle en cage du Père Supérieur, s'attend aux habituelles recommandations d'usage : le dehors, l'enfer, la tentation, blablabla, mais non.

– Vous rajouterez un carton de lentilles précuites. J'ai oublié.

Avec un soupir à fendre une âme moins coriace que celle du Père Gilles, l'humble moine se dirige vers sa cellule et, comme à chaque fois, la voix de son Supérieur le rappelle à l'ordre.

– Réveillez-vous un peu. La sortie, c'est de l'autre côté.

– Je le sais bien, mon Père, fait Frère Antoine en réprimant un sourire affectueux bien qu'un tantinet exaspéré. Mais il n'est que cinq heures… Vous savez bien que le Leclerc…

– Ouvre longtemps après la fin des matines. Bien sûr que je le sais. Où avais-je la tête ?

Frère Antoine est bien trop respectueux pour répondre à cette question. Un père abbé fait ce qu'il veut de sa tête et ce n'est certainement pas à un simple frère d'échafauder la moindre hypothèse sur le sujet. C'est peut-être lui qui a raison, après tout. Qui sait si l'étourderie hebdomadaire du Père Gilles ne finira pas par contraindre le centre Leclerc à ouvrir sitôt les matines expédiées, à l'heure où les créatures se tortillent encore dans la chaleur des draps, comme la répétition quotidienne des mêmes prières finit par vous entrouvrir les portes du paradis ? Un magasin pour lui tout seul, sans musique visqueuse ni apparitions suggestives, juste lui et l'odeur robuste du poisson de la veille... Émoustillé par cette vision, Frère Antoine se promet déjà d'y consacrer sa prière du jour quand la Voix l'arrête à nouveau.

– Attendez un peu, mon fils... Où en êtes-vous de vos problèmes de tentation ?

Pas si étourdi que ça, le vieux, se dit Frère Antoine en pilant sur place.

– Ça ne s'arrange pas des masses, marmonne-t-il dans son capuchon.

– Hein ? Approchez-vous, bon sang. Qu'est-ce que vous croyez ? Que Dieu m'a équipé d'un radar pour capter les ultrasons ?

C'est exactement ce que pense Frère Antoine en s'avançant vers la frêle silhouette de son supérieur. Un radar à détecter les manœuvres du Malin.

– Pour tout vous dire, ça m'est encore revenu à la chapelle... Mes yeux sont tombés sur la liste des commissions et hop...

– Hop, quoi ?

– Vous savez bien, mon père... Hop les jambes, hop les seins et hop le reste...

– Quel reste ? Le vôtre ?

– Un petit peu seulement... Vous savez ce que c'est... Le matin, c'est encore pire.

– Je me souviens, fait le Père Gilles en hochant la tête. Surtout avant la première miction... Mais vous vous êtes concentré aussitôt sur la prière, n'est-ce pas ?

– Ben justement, mon père. C'était juste au moment du passage sur l'Immaculée Conception…

– Parfait. Un des dogmes les plus essentiels de Notre Mère l'Église. Celui qui affirme la sainteté intégrale de la Vierge Marie, celui qui nous enseigne que la mère du Christ est venue au monde sans le poids du pêché originel. Dieu vous a aidé au bon moment, mon fils. Je suppose qu'ensuite tout est rentré dans l'ordre…

– Pas vraiment, mon père. J'ai beau faire, c'est le mot conception qui m'énerve.

Frère Antoine n'aime pas du tout le long silence qui suit sa confession. Il se sentirait moins misérable si l'abbé le menaçait des flammes de l'enfer, du courroux céleste ou de quoi que ce soit d'autre de connu. Il est même prêt à enfiler les pater et les ave pendant les quatre heures qui le séparent de l'ouverture de ce putain de Leclerc. Au lieu de ça, le Père Gilles se contente de le bénir.

– Si ce n'était pas un blasphème, je dirais que votre cas est désespéré, mon fils, fait-il d'une voix douce.

– Il y a pourtant une solution, mon père…

– Bon, ben on verra ça plus tard… N'oubliez surtout pas les lentilles étuvées, mon fils. Elles ne figurent pas sur la liste et je sais combien vous pouvez parfois être tête en l'air.

5

– Pas mal. Bonne pioche, mon Lulu, jubile Gégé. C'est du sérieux, du solide... On va se marrer... À priori, y a avis de tempête, mais la partie ne fait que commencer.

Lulu sourit d'un air un peu fat. Effectivement, ça démarre sur les chapeaux de roue. Son adversaire a beau frimer, il ne s'attendait pas à un coup aussi bas. Lui non plus, d'ailleurs. La carte de ce pauvre et simple moine saisi par les affres de la luxure dépasse de très loin toutes ses espérances. Et en plus, il s'appelle Antoine. Comme l'autre enfoiré qu'il s'était évertué en vain de faire tomber en produisant tout ce que son génie pouvait inventer de plus affolant. Celui-là se tape une érection en plein office rien qu'en lisant la liste des commissions et en marmonnant le mot conception.

Des flammes plein le regard, il observe son adversaire choisir une carte dans le jeu qu'il tient en éventail dans la main droite. Il en profite pour finir son diabolo.

– Le retour de la tentation de Saint-Antoine, ricane-t-il en faisant signe à Jean-Claude de remettre une tournée. Sauf que ce coup-ci, l'auréole ressemble à une vieille roue de vélo…

Gégé abat une carte. Lulu se penche. Il est presbyte depuis plus de deux mille ans. « Même qu'à force, je suis devenu sourd » a-t-il coutume de rigoler chaque fois qu'il a peu forcé sur le pousse-au-crime.

– Une strip-teaseuse ? Ben, mon Gégé, on se laisse aller ?

– Pourquoi ? Marie Madeleine ne réchignait pas à danser sans voiles pour ses clients avant d'être sauvée.

– Ah, ne confondons pas prostituée et strip-teaseuse. Faudrait savoir. C'est une pute ou une strip-teaseuse ?

– L'avenir nous le dira sans doute. Pour l'instant, c'est une jeune fille qui s'exhibe nue devant un parterre de mâles apoplectiques. Vous appelez ça comment ?

– Une peinture baroque du genre de celles qui s'étalent sur les murs du Vatican.

– Je vous en prie, Lulu. Cessez donc de jouer sans cesse sur les mots.

– Bon… Une strip-teaseuse… C'est vous qui décidez… Voyons un peu ce que ça donne.

Ils se penchent sur la carte, posée sagement à côté de celle du moine tourier.

6

Dans les alentours de Callac (charmante bourgade des Côtes d'Armor, dont l'altitude plafonne à 108 mètres et la population à 2509 habitants en hiver), tout est calme. La nature y est verte et ondoyante, la circulation en pointillé et la géographie aussi usée que le caractère hercynien des contreforts aplatis des Montagnes Noires le nécessite. Apparemment, rien dans ce paysage ne saurait transpirer la passion, la luxure et le dérèglement des sens. Et pourtant...

Non loin de la départementale toute neuve, sur le bord d'un champ en jachère, assez éloigné de toute habitation pour satisfaire aux règlements municipaux, draconiens dans ce coin de Bretagne profonde, sur le bruit et la protection des mineurs, se dresse Le Paradiso. À première vue, l'établissement ne ressemble pas à grand chose. C'est une longue bicoque de parpaings badigeonnés d'une vague couche de peinture blanche passablement écaillée servant de support aux élucubrations aussi rutilantes qu'incompréhensibles des grapheurs locaux, coiffée d'un toit de tôle ondulée et ornée d'une enseigne de néon violet qui jure horriblement avec le bleu du ciel et le subtil camaïeu vert du Kreiz Breizh. C'est moche, minable et parfaitement déplacé dans ce paysage que l'on croirait pourtant entièrement voué à l'exaltation de scènes autant champêtres qu'édifiantes. Malheureusement, et bien qu'on entende au loin les cloches de Callac saluer la fin de la journée, rien ne permet de penser que les proprios des nombreuses automobiles alignées en rang d'oignon sur le parking de terre battue sont là pour célébrer l'Angélus.

À vue de nez bagnolistique, Le Paradiso a déjà fait le plein du samedi.

Car on y vient de loin, dans cet Eden foireux. Quelquefois pour y entendre des groupes locaux à tendance électrico-celtique exacerbée, mais surtout, deux fois par semaine, pour y guincher et, bien sûr, s'y torcher la gueule avant d'échanger les quelques horions nécessaires à une soirée rustique parfaitement réussie. Jusque-là, rien que de très banal et de très agreste. Nos campagnes regorgent de ce genre d'endroit où l'on communie sous les trois espèces de la gnôle, de la castagne et des tubes immémoriaux de Cloclo, Gilbert Montagné ou François Valéry, et Le Paradiso ne mériterait certes pas qu'on s'y arrêtât si sa nouvelle direction n'y avait introduit de nouvelles prestations aussi éloignées de la tradition rurale bretonne que les chalutiers norvégiens le sont de la pêche aux piranas.

Dans la salle où tourne une boule lumineuse, dont les multiples facettes accrochent les lumières d'une rampe de spots clouée sur les bords d'une méchante estrade, c'est justement Mado qui s'y colle.

Dans un silence aussi épais qu'une portion de kig a farz, devant un parterre fourni de jeunes, garçons et filles, allumés à la Coreff et de vieux mâles titulaires de la carte vermeil – les blouses bleues étant toutes restées dans la longère à s'exercer au sport cérébral – elle vient de faire son entrée en scène.

C'est peu dire que l'assistance retient son souffle. Il n'y a là que des habitués en apnée qui, pour rien au monde, ne louperaient un seul instant du paradoxal effeuillage de la jolie brune dont le corps longiligne commence à ondoyer comme s'il venait soudain d'être réveillé par la fièvre de leurs regards.

On pourrait s'extasier sur ses magnifiques yeux violets que le halo caressant qui épouse patiemment chacun de ses mouvements fait scintiller comme une paire d'escarboucles. On pourrait si l'on était venu pour ça. Mais ce sont d'autres trésors qu'ils matent tous, hommes et femmes, saisis, coupés et collés, épinglés comme des phalènes dans la lumière. Ce qu'ils espèrent, ce sont des vallons et des collines autrement plus nerveux que ceux qui entourent leur canton. Des reliefs voués, sous peu, à un genre de démembrement dont, cette fois-ci, personne ne songera à se plaindre.

Mado, un colt dans chaque main façon cow-girl en plein règlement de comptes à Tombstone, se plante devant la foule extasiée. Une ballade country miaulée à la pedal-steel dégouline des enceintes saturées. Le show peut commencer. À pas lents, les jambes délicieusement arquées, Mado mime le shérif courageux marchant vers son destin. La voilà même qui tire en l'air. Les bandits doivent riposter car, chaque fois qu'elle fait feu, un petit pétard caché dans ses vêtements éclate en provoquant la chute d'une pièce de son costume. La foule adore et le manifeste par des salves d'applaudissements nourries quoique encore timides.

Et la fusillade continue. La fumée plane sur les tables. Ça sent la poudre et la cordite. On se croirait dans un de ces chapitres qui encombrent certains écrits relayés par le H et tout aussi fumeux.

Mais on dirait bien que cette pauvre Mado va perdre son duel. La voilà réduite à arpenter l'estrade en guêpière et slip de dentelles. Pas bien gros, le slip. Échancré par devant et rétréci par derrière, il peine à contenir tout ce qu'il devrait cacher. Dans la salle, les gorges se nouent, les ventres s'aplatissent. Plus personne ne se risque à applaudir. Pire, chacun évite le regard de son voisin, de peur d'y lire ce qui commence à ramper dans le sien.

Et puis, dans une petite explosion dérisoire, la guêpière tombe et les seins, fermes, blancs comme neige, laiteux et mousseux comme la traite du jour, se dévoilent. Des cris d'approbation heureuse jaillissent un peu partout. C'est important, les seins. Important et rassurant. C'est l'apanage d'une nudité glorieuse, d'une jeunesse saine et sans complexe. Les œufs au plat, les gants de toilettes ou les oreilles de chien de chasse, c'est bon pour la maison ou les bouis-bouis minables. C'est pour les seins de Mado qu'ils sont tous venus. C'est eux qui font la différence entre le vulgaire et la classe.

Une dernière pétarade et c'est le bas qui tombe, enfin. Pas d'excentricité rasée ni d'anneau servile en métal fin, mais un bosquet triangulaire qui respire l'honnêteté, une jolie toison brune que Jason eût sans doute préférée à l'or froid de sa quête. Nue comme la main, si l'on excepte ses bottes et son chapeau, Mado danse quelques instants avant de tourner le dos au public et de basculer en avant histoire de ramasser le chapeau qu'elle vient, sans doute par mégarde, de laisser tomber.

Dans la salle, les esthètes tétanisés par tant de sublime finissent par déglutir d'un seul mouvement et, comme pour couvrir le bruit de leurs glottes asséchées, bruit terriblement incongru, mais assez proche de celui produit par une tonne de Destop versée d'un coup dans un pipe-line bouché à mort, se mettent à applaudir, crier et trépigner. Ça touche au délire. De mémoire de breton, seul Gilles Servat entonnant La Blanche Hermine au Festival Interceltique de Lorient peut obtenir en retour un tel taux de décibels.

Mado, gracieuse et souriante, la jambe tendue en avant et le bras en arc de cercle, salue son public d'une révérence avant de partir à reculons en coulisse. C'est un mouvement qu'elle répète patiemment depuis qu'elle a vu un spectacle de ballet au théâtre municipal de Quimper et qu'elle effectue pour la première fois en public. Un public de gentils bouseux, bien sûr, mais qui sait si un jour...?

Malgré un reflux général vers le bar, deux petits vieux dégoulinants par tous les orifices tentent bien de la suivre, mais un grand type habillé de sombre, genre hidalgo portègne expulsé de Buenos Aires pour proxénétisme aggravé, les en dissuade fermement.

– Allez, les pépés, dégagez de là, fait-il avec un bon sourire. J'voudrais pas avoir à vous ramener chez vous dans une assiette creuse...

Sitôt les deux ancêtres refoulés, il grimpe sur scène et ramasse les fringues éparpillées par Mado. Avant de sortir, il jette un regard de propriétaire sur la salle où les enceintes vomissent maintenant une techno bien épaisse qui, à défaut de leur faire oublier le monde pourri qu'ils ont reçu en héritage, fait sauter les jeunes sur place comme si un gigantesque boisseau de puces leur était soudain dégringolé sur le rable.

– Comment c'était ? demande Mado du fond du grand peignoir rose qu'elle vient d'enfiler.

– Sublime, comme toujours... Les jeunes font tous de la barre fixe et les vieux organisent un pèlerinage à Guéméné histoire de se faire greffer une andouille.

– T'es vraiment un romantique, toi, ronchonne Mado. Comme si je m'intéressais à ce qu'ils ont dans le pantalon...

– Ouais. Dominique le romantique... C'est tout moi... Qu'est-ce que tu veux que je te dise, ma pauvre Mado ? S'ils sont venus voir ton cul, c'est pas pour en faire un Saint-Sacrement.

– Je sais bien, fait-elle d'une petite voix triste. C'est ton avis que je veux. T'as pas l'impression que ce soir, j'ai comme qui dirait franchi un seuil ?

– Un seuil de rentabilité, oui. J'ai pas encore fait les comptes, mais je crois bien qu'on a cassé la baraque.

Mado allume une cigarette, tire trois bouffées nerveuses et l'écrase brutalement sous sa botte. Elle voudrait bien dire quelque chose, mais une montée de larmes l'en empêche. Elle se lève brusquement et va cacher son chagrin derrière le paravent qu'elle a fait installé dans le réduit minable qui lui sert de loge. Le soir du spectacle de Quimper, elle avait réussi à se faire recevoir dans celle de la danseuse étoile. C'est là qu'elle avait eu l'idée du paravent. Du paravent, des fleurs et de la bouteille de champagne. Elle avait pu dégotter ce vieux truc pseudo chinois chez Emmaüs, mais, pour le reste, il faudrait qu'elle attende.

– Mais qu'est ce que t'as encore à chialer, caraï ? gueule Dominique. Sans moi, tu serais encore à faire la boniche à Concarneau.

Mado ne répond pas. Elle sait que c'est inutile, qu'elle risque encore de se retrouver les quatre fers en l'air et la gueule en biais. Ce qu'elle sait aussi, c'est qu'elle finira bien par tomber sur sa chance et qu'elle la chopera par la tignasse avant qu'elle n'ait le temps de tourner le coin de la rue. « La chance est une garce à la nuque chauve », disait toujours son père. Le pauvre n'avait jamais attrapé que la mistoufle, mais elle a été sculptée dans un autre bois. Un bois dont on fait les stars et les princesses. Toute petite déjà, elle savait par cœur la chanson de Blanche Neige et c'est exactement ce qu'elle est en train de se chantonner derrière son paravent mité. Un jour, mon prince viendra… Ce jour-là, elle foutra le camp si vite que Dominique n'aura même pas le temps d'apercevoir les talons de ses godasses. Et ses ploucs de clients suivront vite le même chemin. C'est elle qu'ils viennent tous voir. Pas son cul, ni ses seins, ni sa chatte, mais elle, Mado la danseuse, Mado l'étoile. Elle le mettra sur la paille, l'argentin de Pézenas. À moins, bien sûr, qu'il n'apprenne à tortiller son petit cul prétentieux sur scène en essayant de faire tourner dans l'autre sens son spaghetti maigrichon d'hidalgo à la manque. Tout à fait le genre de numéro capable de mobiliser les foules, se dit-elle en réprimant un sourire.

– Tu peux te marrer, pauvre cruche. Tu t'imagines que je ne sais pas à quoi tu penses ? Essaye un peu de te tirer pour voir… Essaye seulement et c'est à coups de dynamite que je ferai sauter tes fringues…

7

– Sale caractère, fait Gégé, le souffle un peu court.

– Qui ? Elle ou lui ? rétorque Lulu en épongeant une goutte de sueur.

Ils se taisent tous les deux, histoire sans doute de laisser un peu retomber la tension artérielle. Ils évitent même de se regarder, mais l'on sent que, malgré leur âge incommensurable, le spectacle de la nature ne les a pas laissés indifférents.

– Je ne savais pas qu'un silence pût être aussi turgescent, ricane Lulu.

– J'avoue que moi non plus… Pour tout dire, j'avais même oublié l'adjectif.

D'un seul mouvement, et sans se concerter, ils se repenchent à nouveau sur la carte.

– On a beau avoir l'habitude, dit Gégé d'une voix rêveuse, c'est quand même pas tout à fait pareil…

– Ça devrait pourtant. Que ce soit en Enfer ou au Paradis, devant leur créateur ou leur tentateur, c'est nus qu'ils se présentent devant nous.

– C'est vrai, mais c'est pas vraiment devant nous qu'elle s'est présentée. Ça fait une différence.

– Mouais… C'est quand même un peu ringard ce sketch singeant OK Corral…

– Singeant, oui, mais de l'Apocalypse.

– Ben mon Gégé ! fait Lulu dans un grand éclat de rire, on se lance dans le calembour vaseux ?

– Désolé.

– Bon, alors, qu'est-ce qu'on fait, on provoque ou on laisse faire ?

– Là, je sèche. Un moine et une strip-teaseuse… Comment voulez-vous qu'ils se rencontrent ? Si on laisse faire, c'est mission impossible. Je ne vois pas la Mado demander une audience au Père Supérieur et lui n'ira jamais au Paradiso.

– Le nom peut le tenter.

– Je crains que notre bon Antoine ne manque un peu d'imagination, sourit à son tour Gégé. On pourrait peut-être le lui suggérer.

– Ouais, mais c'est sans doute aller un peu vite en besogne. Le déterminisme est moins marrant que le libre arbitre, vous le savez parfaitement. Dès qu'on aiguille les personnages, le jeu s'en ressent…

Ils se jaugent en silence. Comme s'ils jouaient au poker. Même s'ils tentent de garder leur immémoriale dignité, on voit bien à leurs trognes réjouies qu'ils commencent vraiment à s'amuser.

– On tire une carte Caisse de Communauté ?

– Allez ! Carte de Caisse de Communauté !

Gégé retourne la carte du haut sur le petit tas empilé à part sur la table.

– Bingo ! s'exclame Lulu. Un supermarché… C'est ce qui s'appelle avoir du bol.

Alors, soigneusement, ils placent les cartes tirées les unes sur les autres.

8

Frère Antoine claque violemment la portière de l'antique 4L en se retenant à grand peine d'accompagner son geste d'un vigoureux coup de latte dans la tôle festonnée de rouille du vénérable véhicule. Une fois encore, et malgré les soins préventifs qu'il lui prodigue toute la semaine, la carne a refusé de démarrer. Le temps de démonter le carbu, de dévisser et brosser les bougies, de passer les vis platinées à la toile émeri et de rentrer à l'abbaye se débarrasser du cambouis, Frère Antoine est une fois de plus arrivé une bonne heure après l'ouverture du Centre Leclerc.

À croire que Dieu utilise les entrailles vétustes de la vieille carriole communautaire pour le mettre à l'épreuve.

Il soupire, lève les yeux au ciel, mais en lieu et place du regard divin, c'est celui de l'horrible enseigne commerciale qu'il rencontre. « Une seule question, Seigneur, fait-il quand même. À quoi sert-il de me faire lever si tôt, si c'est pour me faire arriver à l'abattoir bien après celles de vos créatures qui sortent manifestement à peine des draps ? »

L'enseigne se contente de clignoter machinalement et Frère Antoine se demande s'il doit y voir un signe de Son Très Saint Humour.

Il sort des profondeurs de ses poches sa petite rondelle de plastique rouge et s'empare d'un caddie qui se met immédiatement à couiner horriblement et à se comporter comme si chacune de ses quatre roues grippées avait décidé d'ignorer ce que faisaient les trois autres, ce qui n'est finalement que l'attitude constante de tout caddie normal. Pas de miracle en ce bas monde, se dit Frère Antoine dont le baromètre intérieur commence à baisser dangereusement vers la section Foi Chancelante.

D'autant que les créatures sont bien là. Comment pourrait-il en être autrement à l'heure où tous les mâles sont au boulot ? Le moine terrorisé en croise quelques-unes, le chariot plein à ras bord, qui se retournent sur cette étrange silhouette en robe de bure et sandalettes, comme s'il était furieusement incongru qu'un homme de Dieu, membre d'un ordre méditatif de surcroît, puisse s'intéresser aux nourritures terrestres au point d'aller en acheter lui-même. Et si ce n'était que ça, pense Frère Antoine, qui se sent rougir à l'évocation de ses propres supputations à l'époque où, avant de rentrer dans les ordres, il croisait un moine ou un écossais.

Capuchon rabattu, il traverse le parking en matant droit devant lui. Pas question d'accrocher le moindre regard. C'est une question de survie. Qui dit regard, dit aussi curiosité, et les femmes sont par définition de redoutables artistes en la matière. Pour se distraire de son supplice, il vérifie une fois de plus sa liste, il l'apprend par cœur et tente de se souvenir de la disposition des rayons afin de calculer une trajectoire parfaitement ergonomique lui permettant de passer le moins de temps possible sous le feu de l'ennemi. C'est un exercice à la fois sain et facile puisque c'est toujours chez Leclerc qu'il vient faire les courses de la communauté. Le Père Gilles le lui a ordonné. « Autant faire travailler nos clients. Certes, ils vendent tout un tas de cochonneries inutiles à l'élévation des âmes, voire même propices à leur dégringolade, mais ils vont à la Sainte Messe tous les dimanches. »

Corrigeant comme il peut la trajectoire de crabe de son caddie, Frère Antoine le pousse vers la porte de l'immense magasin. Il respire un bon coup et, quasiment en apnée, pénètre dans l'Absurde.

Cisaillé par les lumières chirurgicales, englué jusqu'aux os de musique d'ambiance et glacé à cœur par les ondes de froid émanant des bancs frigorifiques, il frissonne et cherche à se repérer. Ce n'est pas encore la grande foule, il est encore dans les temps, mais le léger sourire de satisfaction qui barre soudain son beau visage inquiet disparaît vite quand il constate que, bordel, ils ont encore changé l'emplacement des denrées de base. Maintenant, pour trouver les patates, il faut d'abord passer en revue les outils de jardinage, les articles de plage et le rayon Baby Boom : de l'onéreux, de l'inutile, voire du carrément superflu.

Contraint d'abandonner son rigoureux plan de bataille, sa liste en main, il se met à errer dans les rayons suivant un trajet parfaitement anarchique et, comme il le craignait, bourré de dangereuses embuscades. À peine a-t-il marqué le pas, le temps d'un regard langoureux, devant un empilement de boîtes de poulpe à l'escabèche, qu'il se retrouve obligé d'accélérer à fond pour en éviter un de protège-slip en promotion. Comment peut-on promouvoir de telles horreurs ? se demande Frère Antoine en s'épongeant le front d'un revers de manche. La chance lui sourit pour les coquillettes, mais les lentilles à l'étuvée demeurent introuvables. Il songe un instant à les oublier, mais le Père Gilles en ferait un tel souk qu'il y renonce et se retape au ralenti la rangée des légumes secs.

– Vous cherchez quelque chose, mon père ? demande une voix dans son dos.

Une voix de femme, bien sûr.

– Mon frère, balbutie Frère Antoine sans se retourner.

– Vous cherchez votre frère ? insiste la voix, avec un petit rire fûté. Pourquoi ne pas faire un appel au micro ?

– Non... Le frère c'est moi... Le frère, pas le père, vous comprenez...? D'ailleurs, c'est des lentilles à l'étuvée que je cherche.

– Suivez-moi, c'est justement là que je vais...

Le nez sur ses sandales, Frère Antoine fait demi-tour et file sans demander son reste. C'est un piège, il le sent, il le sait. Tant pis pour les lentilles qu'il finit d'ailleurs par dégoter par hasard sur une gondole de produits à prix cassés comme les poix. Heureusement, car la situation s'aggrave brutalement avec l'annonce tonitruante d'un rabais exceptionnel sur la lingerie féminine. Caracos, soutiens-gorge et culottes de marque, énumère la voix, et, en offre spéciale, cinq strings brésiliens pour le prix d'un...

La sueur au front, Frère Antoine accélère le mouvement. L'image de caddies débordants de frites congelées et de biscuits pour apéros recouverts d'une mousse épaisse de strings brésiliens lui donne la fièvre. Il songe au Révérend Père Gauchet des *Trois Messes Basses* de Daudet, celui qui flippait à l'évocation de dindes rôties et de pâtés d'alouette. Veinard, va...

La tête dans le guidon, il fonce entre les rayons et son chariot se remplit à toute allure. Les nombreux paquets de douze de papier toilette qui forment comme une barricade ouateuse au-dessus des autres denrées lui cachent bien un peu la vue, mais tant pis. Vite, se retrouver au volant de la 4L qui, même pourrie jusqu'aux essieux, le ramènera, à cinquante de moyenne, vers l'Abbaye, le calme, la sérénité et les patates à l'eau.

Enfin, la sortie. Glisser sans tomber sur les dalles luisantes, évaluer d'un coup d'œil la caisse la moins fréquentée, celle aussi où il n'y a pas trop de vieux parce que les anciens, ça met des plombes à se souvenir du code, à le taper, à remplir le chèque, à se faire des nœuds dans les euros et à tout réinstaller dans les sacs plastique. Coup de bol, il la trouve tout de suite et, en plus, la caissière est moche. Toujours se méfier des jolies caissières… On croit être sorti d'affaire et, patatras, elles vous épinglent d'un « bonjour mon père » pigeonnant.

Venenum in cauda, comme dit le Père Gilles.

C'est alors que, venant de l'autre côté, masqué par un angle mort, un caddie poussé par un moustachu en short déboule et se dirige vers la même caisse. Frère Antoine le voit, mais pas question de céder. D'ailleurs, l'autre arrive sur sa gauche. Propulsé par la panique et l'arrogante imprudence que donne parfois la certitude d'être prioritaire, le moine pousse son chariot à fond, réussit un virage à angle droit totalement improbable, mais, emporté par son élan et la vue bouchée par la masse de papier cul, percute la dernière cliente de la file voisine.

Un peu plus tôt dans la matinée, Mado, histoire sans doute de se rabibocher avec lui, avait décidé d'aller faire les courses avant que Dominique ne se réveille. Incapable de trouver ses vêtements civils que le rusé Dominique avait soigneusement planqués pour palier toute tentative de fuite, elle avait enfilé son costume de scène et c'est fringuée comme une ménagère passablement givrée de Texas City qu'elle avait filé au supermarché le plus proche.

Là, comme tout le monde, elle avait remarqué ce drôle de moine qui pilotait son caddie comme une F1 sans cesser un seul instant de fixer ses sandales. Elle avait même gentiment essayé de l'aider à trouver des lentilles à l'étuvée, mais il lui avait tourné le dos sans la regarder. Mado, en brave fille élevée dans la religion, en fut passablement mortifiée. Comment faire confiance au Pardon Divin si le moindre des moinillons dénie à une modeste pécheresse l'humble droit de lui indiquer le rayon des lentilles ? Autant dire que Mado fut ravie de voir le moine se pointer aux caisses. Elle s'apprêtait même à lui demander des explications quand elle le vit foncer droit sur elle au guidon de sa cargaison de papier cul. Bon Dieu, ma jupe ! se dit-elle au moment de la collision.

Frère Antoine, bien que totalement confus, est quand même un peu surpris par les conséquences de l'accident. S'il se méfie autant des femmes, c'est qu'il a eu le temps de les fréquenter avant son entrée tardive dans les ordres et, jamais au grand jamais, il n'a fait exploser l'une d'elles avec un caddie de supermarché. Et pourtant, si.

À l'autre bout de son chargement, nimbée d'un nuage de fumée blanche et d'une forte odeur de poudre, le fantôme de Calamity Jane le fusille du regard.

– Vous êtes content de vous, je suppose ?

Frère Antoine tente de s'excuser, mais un immense éclat de rire l'en empêche. Autour de lui, les clients du Leclerc se boyautent en désignant du doigt le petit tas de tissus qui s'est bizarrement formé autour des bottes de l'apparition.

– Et alors ? Vous n'avez jamais vu une jupe, bande de bouseux ? fait Mado en fouillant fébrilement dans son caddie.

– Une jupe, bredouille Frère Antoine qui vient de s'apercevoir que les strings, brésiliens ou non, ne couvrent pas grand-chose.

Mado vient à peine de se cacher le bas derrière un pack de bières qu'une nouvelle explosion propulse son gilet dans les airs.

– *Vade retro Satanas !*

Il esquisse un signe de croix, mais se ravise tout de suite. Il n'est que frère, après tout, et n'est pas sûr qu'un simple convers soit habilité à manipuler de tels symboles en état d'érection.

– Trouvez quelque chose d'autre, Bon Dieu ! crie Mado au bord de l'hystérie. Tout ce putain de truc va sauter…

De fait, le soutien-gorge vient de valser à son tour, obligeant Mado à lâcher le pack de Kro pour dissimuler ses seins à un public au comble de l'enthousiasme.

Frère Antoine s'est souvent demandé par la suite si sa remarquable lenteur de réaction avait été la conséquence d'une stupéfaction bien compréhensible ou celle d'une sournoise envie d'en voir plus. Mais qu'importe… Les yeux rivés sur le string à paillettes, il défait sa cordelière, passe sa bure au-dessus de la tête et, d'un geste large, en entoure le corps ferme et gracile de la Salomé une poignée de secondes après l'explosion finale.

Le public médusé applaudit à tout rompre. Tout le monde a tout vu, mais la pudeur est sauve.

– Vous y avez mis le temps, minaude Mado qui prend le temps de traîner un peu dans les bras d'un cinquantenaire plutôt gaillard et bien fait de sa personne.

– Mettez-vous à ma place… Une femme qui perd ses vêtements, ces explosions, toute cette fumée… J'ai vraiment cru que c'était un coup du diable.

Mado sourit gentiment. Elle n'en veut plus à ce moine qui, débarrassé de sa défroque, lui semble soudain beaucoup moins intimidant. Elle s'écarte de lui pour le regarder en entier avant d'éclater d'un joli rire en cascade.

– Pas mal ! fait-elle entre deux trilles. Pour quelqu'un qui s'est toujours demandé ce que les moines portaient sous leurs robes, je suis servie.

– Ben quoi ? Qu'est ce qu'il a de si drôle ? ronchonne Frère Antoine, un peu gêné de s'apercevoir qu'il a encore enfilé son jean râpé et le vieux tee-shirt qu'il avait acheté à un concert des Stones, celui qui porte, barrée sur toute la largeur, en rouge sur fond noir, l'inscription *Sympathy For The Devil.*

– Rien du tout. Si ça peut vous consoler, moi je bosse au Paradiso.

9

– Moyen, le coup du tee-shirt... Pour le moins puéril, en tout cas.

– Désolé, se marre Lulu. J'avais d'abord pensé à *Tous Les Jeunes Derrière l'Agneau Divin*, mais ça sonnait moins bien. Et puis vous êtes marrant, je ne pouvais pas savoir qu'il allait enlever sa robe.

– Je vous l'accorde, admet benoîtement Gégé. Pas plus que je ne pouvais imaginer qu'elle allait sortir en costume de scène.

– Et non, c'est le jeu qui veut ça.

Ils se regardent longuement, se jaugent, réfléchissent, boivent un coup. Pour la première fois, leurs yeux pétillent au fond de leurs rides.

– Lulu, sans vouloir vous influencer, j'ai envie de dire qu'ils ont pris une légère avance.

– Vous pouvez.

– C'est super, dites donc...

– On ne saurait mieux dire. Pour l'instant, bonne pioche sur toute la ligne. La partie promet d'être amusante. Bien que, jusque-là, les motifs soient, comment dire, un peu terre-à-terre…

– Comment pourrait-il en être autrement ? Cher ami déchu, c'est là le lot de toutes nos créatures…

10

Sur le parking du supermarché, le caddie de Frère Antoine couine effroyablement derrière celui de Mado. Effroyablement, parce que les roues du trinqueballe ont été entretenues à la graisse de noyaux de pêche et que le bruit est tel que Frère Antoine a l'impression désagréable d'être aux commandes d'un char d'assaut fonçant, dans les faubourgs de Gaza, derrière un gamin intifadé.

Les gens se retournent d'autant plus sur l'étrange équipage, que Mado a négligé de rabattre le capuchon sur sa jolie frimousse, et que certains commencent à prendre parti pour cet adorable novice impitoyablement traqué par un maniaque du papier cul, tandis que d'autres s'interrogent à voix haute sur le sexe des moines. Frère Antoine en sait assez sur le sujet pour préférer ne pas s'y attarder. Les yeux fixés sur sa robe que Mado retrousse pour mieux cavaler, il enfile mentalement les confiteor et les actes de contrition qu'il tente de compter sur les grains d'un chapelet qui, pour l'instant, danse la sarabande autour des hanches pleines de Calamity Jane. Car c'est après sa bure que Frère Antoine cavale comme un dératé. L'idée d'avoir à expliquer au Père Gilles, que s'il arbore les couleurs de Satan, c'est, tout simplement parce que sa robe a mis les bouts sur les épaules d'une hétaïre dont il avait préalablement fait sauter les fringues en plein Centre Leclerc, lui coupe à moitié les jambes.

Pestant contre son foutu caddie qui roule maintenant carrément à l'envers, il poursuit Mado qui finit par s'arrêter devant une Twingo d'une couleur indéfinissable – mauve crapaud apoplectique, peut-être ? – et décorée de panneaux publicitaires, maladroitement exécutés à la main, vantant LE PARADISO, " L'ÉVEIL MUSICAL ET HEBDOMADAIRE DES SENS À CALLAC ".

– Ouf...! Vous parlez d'une aventure, fait-elle avec un sourire à damner une âme autrement plus forte que celle de Frère Antoine.

– Ma robe... souffle-t-il, au bord du collapse.

– Je sais, je sais...

Elle ouvre le coffre de sa caisse et en extrait une combinaison de mécanicien maculée de cambouis.

– C'est à Dominique, mais ça devrait le faire...

Frère Antoine n'a pas le temps de demander qui c'est, que Mado a déjà fait passer la robe de bure par-dessus ses épaules et qu'il se retrouve, pour la deuxième fois en un quart d'heure, confronté à l'Origine du Monde. Il détourne bien les yeux, cherche à remplacer l'évocation de la toile de Courbet par celle de l'Agneau Mystique de Van Eyck, mais c'est trop tard, bien sûr. La prière n'est jamais un antidote aux rêves, du moins pas dans son cas, il ne le sait que trop bien. Un bref instant, il se dit qu'il est finalement un peu comme Notre Seigneur, coincé dans la poêle à frire du désert et cerné de houris lui présentant sur des plateaux dorés des blue lagoon et autres margaritas dans leurs cocons de givre. Il se dit surtout qu'il en a ras-le-bol, du dehors. Que le dehors lui chanstique toujours le dedans, que ça ne changera jamais, mais que cette fois-ci, c'est le bouquet et que, question tentation, il peut carrément négocier son entrée au Guiness Book.

– Merci, murmure-t-il poliment en enfilant enfin son armure.

– C'est moi, minaude Mado. Merci de m'avoir appris ce qui se cache sous la robe des moines. Pour les écossais, je savais déjà, rajoute-elle avec un petit sourire en coin.

– Voyons, ma sœur…

Il sait, en même temps qu'il cherche ses mots, qu'il se met à rougir comme un collégien.

– Puis-je vous rappeler que mon habit n'a rien de folklorique, mais qu'il est le symbole de la pauvreté et de la simplicité des serviteurs de Dieu ?

– Si vous le dites… En tous cas, symbole ou pas, il m'a sauvé la mise. Les autres bœufs, là-bas, à la caisse, ils m'auraient bien laissée à poil, aussi nue que votre patron m'a faite…

C'est précisément le genre de souvenir que Frère Antoine veut oublier. Tout au bonheur d'avoir récupéré sa rugueuse cuirasse, il prend quand même le temps d'adresser un petit prêche à la jeune femme.

– Un peu d'indulgence, ma sœur. Notre Seigneur nous enseigne que la méchanceté cache souvent une grande détresse.

– Détresse mon cul, ouais… Vous croyez que je les connais pas, ces chafouins ? Je les ai bien vus, tout à l'heure. Ils avaient tous la détresse aussi allumée que ceux qui viennent se rincer l'œil et la dalle en toute impunité au Paradiso.

– Ah, c'est donc ça ! Votre costume étrange, les trucs explosifs, tout ça ! Je me disais aussi…

Mado le regarde, amusée. Décidément, ce grand moine baraqué qui planque des fringues de roadie sous sa robe lui est furieusement sympathique.

– Vous comprenez vite, pour un homme de Dieu. Quelque chose me dit que vous avez un peu navigué avant de vous mettre à la diète. Je me trompe ?

C'est le genre de question que Frère Antoine n'aime pas du tout. En plus, la combinaison de mécano n'a rien arrangé du tout, bien au contraire. Cette jeune femme lui rappelle maintenant les pin-up que son père accrochait dans son garage, au-dessus de l'établi.

– Qu'importe l'instant de ma vie où Il m'a touché. Mon passé s'est désormais fondu dans Son Éternel Présent. Allez en paix, ma sœur…

Et, d'une vigoureuse poussée, le moine tourier tente de refaire démarrer son caddie, mais, dans un ultime gémissement, les roues se bloquent définitivement et le chariot bascule avec son chargement.

– Mazette, mon père, quel coup de rein ! rigole Mado qui s'accroupit immédiatement pour tenter d'arrêter l'avalanche. Frère Antoine voudrait bien en faire autant, mais il se rend vite compte que ça l'obligerait à coller son nez quasiment entre les seins de la jeune femme. Juste à l'endroit que la combinaison, trop large et trop échancrée, vient de découvrir généreusement.

– Laissez, laissez, ma sœur, je vais le faire, dit-il sans bouger d'un pouce.

En un tour de main, Mado a tout remis dans le chariot. Même les boîtes de lentilles qui avaient roulé sous la Twingo et qu'elle a été contrainte d'empiler entre ses seins pour les récupérer toutes.

– On dirait que vous avez quand même fini par les trouver vos fichues lentilles ! fait-elle, légèrement agacée, en les balançant dans le chariot.

Toute à sa gratitude pour le coup de la robe, elle avait failli les oublier et, avec elles, l'affront qu'il lui a fait subir.

– Ne me regardez pas avec cet air ahuri… Je vous ai proposé de vous y conduire et, ni oui ni merde, vous avez filé sans même me regarder…

Les lentilles, la voix de femme… Frère Antoine se souvient maintenant. C'était donc elle ! Il balbutie une vague excuse et se remet à pousser sur son caddie qui, les mêmes causes produisant les mêmes effets, manque aussitôt de basculer.

– Allez plutôt chercher votre voiture, mon père, fait Mado, émue par le trouble manifeste du moine. Je garde vos affaires en attendant.

Pourvu que la salope démarre, pense Frère Antoine en se hâtant vers son tas de rouille, manquerait plus qu'une strip-teaseuse soit obligée de me pousser ou, pire, de me raccompagner à l'abbaye…

Compte tenu des sens giratoires, il met bien cinq minutes à revenir à la Twingo. Cinq minutes pendant lesquelles il se demande ce qui va bien pouvoir lui tomber encore sur le rable. À croire que le Seigneur lui a collé cette fille sur le dos pour accomplir quelques desseins aussi impénétrables que ses Très Saintes Voies. Ne jouez pas avec mes nerfs, Mon Dieu, supplie-t-il en se garant. Vous seul savez à quel point ils sont fragiles.

– C'est vrai, quoi, argumente Mado en l'aidant à ranger ses courses dans le coffre. Même les effeuilleuses ont droit à la charité des hommes de Dieu. D'autant plus que vous ne saviez pas encore que j'étais…

– Je sais, je sais. Je suis impardonnable… C'est juste que j'étais obsédé par… par les lentilles.

– Au point de me laisser les ramasser toute seule, sans doute…?

– Non, ça c'est à cause de votre combinaison. Elle était mal fermée et laissait voir vos…

Incapable d'en dire plus, Frère Antoine se met à bredouiller lamentablement.

– Vous voulez dire, mes seins ?

– Voilà. C'est exactement le mot que je cherchais.

Il enfourne les derniers rouleaux de papier toilette, claque la porte du coffre et se remet au volant.

– Oh, je crois que j'ai compris ! s'exclame Mado, soudain confuse. Vous n'avez pas le droit de regarder les femmes. C'est ça, hein ? Vos vœux vous l'interdisent.

– Non, soupire Frère Antoine. Ce n'est pas un péché de regarder nos sœurs. Pour certains d'entre nous, c'est juste une précaution.

– J'ai pigé… Ben, mon pauvre. Avec moi, vous avez été servi…

La jeune femme se sent beaucoup mieux. Ainsi ce n'était pas du mépris, mais un hommage déguisé. C'est la première fois qu'un homme lui manifeste un tel respect. Un moine, d'accord, autant dire un prêtre, mais c'est quand même un début.

– Je suis désolée… Si j'avais su…

– Si vous aviez su quoi ?

– Non… Rien.

Il met le contact, mais elle l'empêche de fermer la portière, se plantant, la tête baissée, vers le conducteur.

– Bénissez-moi, mon Père.

Frère Antoine soupire. Il ne sait pas s'il peut, s'il doit ou s'il a le droit, mais il le fait quand même.

– *Benedicat vos omnipotens Deus, Pater, et Filius, et Spriritus Sanctus. Amen*, articule-t-il en dessinant un signe de croix aérien sur le visage ravissant de la jeune femme, sur ses seins adorables et vers le bas, là où, précisément, il a toujours eu dangereusement tendance à perdre son latin.

Et il démarre. Droit devant lui, à travers le parking saturé de jolies femmes, les yeux fixés sur le pare-brise où se dandine innocemment la petite statue de la Vierge sensée protéger la vieille 4L du démon.

11

Frère Antoine ne sait pas trop comment il a ramené la voiture, Dieu aura sans doute voulu préserver le ravitaillement de la communauté, et il est parvenu à garder la 4L sur la route malgré les visions qui lui faisaient de l'œil sur les bas-côtés.

Dans la cuisine, le Père Gilles, liste en main, contrôle le gros tas de denrées et produits étalés sur la table.

– Pas mal, mon fils. J'étais persuadé que vous alliez oublier les lentilles…

Les lentilles… Frère Antoine prend sur lui pour ne pas les lui faire avaler avec la boîte, ses foutues lentilles.

– Je ne veux plus y aller, mon Père. Je n'en peux plus… Il faut absolument me décharger de cette tâche qui menace de plus en plus le salut de mon âme éternelle…

– Je sais, mon fils. Vous me le dites chaque fois que vous revenez du Leclerc…

– Vous ne pouvez pas savoir, mon père. Cette fois-ci, c'était… c'était…

Le moine tourier cherche ses mots, mais les seuls qui lui viennent à l'esprit sont irrémédiablement barbouillés de fortes connotations sexuelles. Son Supérieur s'en rend compte. Son regard s'adoucit.

– Le chemin de la rédemption est long, mon fils. Bien plus long qu'un petit bout de départementale.

– Pourquoi ne pas essayer Frère Aristide ?

– Frère Aristide ? J'espère que vous plaisantez. Il lui faudrait au moins une bonne semaine. Ce n'est pas très charitable de se moquer ainsi de son prochain, surtout quand il est bègue comme une pompe à main.

– Peut-être, mais, vu qu'il est aussi myope comme une théière, il n'aurait pas vu ce que j'ai été contraint de voir aujourd'hui. Une séance de strip-tease… En plein Leclerc, de surcroît ! Vous voyez le tableau ?

– Je crains bien que non, mon fils.

– C'était terrible… Il y avait cette femme, toute nue devant les caisses, et…

– Et vous vous êtes tout de suite mis les mains sur les yeux, je suppose ?

– Bien sûr, mais c'était pire. Vu que mes yeux se sont quand même mis à voir à travers.

– N'insistez pas, mon fils. Frère Aristide est bègue, myope et surtout dépourvu de permis de conduire.

En attendant de vous entendre en confession, je vous colle d'office dix Pater et dix Ave.

– Mais, mon père…

– C'est le tarif quand on regarde entre ses doigts, rajoute le Père Gilles d'une voix espiègle.

12

Mado ressent comme un malaise. C'est un peu le cas chaque fois qu'elle va faire les courses, mais, ce coup-ci, c'est encore plus fort. En fait, elle se sent sale du dedans et c'est pas la vue du Paradiso qui va contribuer à lui décrasser l'intime. Pied au plancher, elle s'engage sur le parking gravillonné, braque à fond en plein milieu et tire d'un coup sec le frein à main. La Twingo se met aussitôt en dérapage et, après un tour complet, s'immobilise devant la porte, le cul exactement en face de l'ouverture où, placide, Dominique l'attend.

Pas mal, se dit-elle en examinant d'un œil critique sa trajectoire. La prochaine fois, je devrais être capable d'effleurer le futal de ce crétin d'hidalgo.

Dominique ne fait aucun commentaire. Il sait qu'elle a horreur d'aller faire les courses et qu'elle compense en pilotant la Twingo façon Vatanen. Elle le fait bien, du reste. Dominique se souvient encore du jour où elle a pris le volant du roadster d'un client qui comptait bien en profiter pour se l'envoyer. Le pauvre type en était revenu tout pâle en bégayant qu'il avait bien essayé, mais que c'était vraiment pas commode de bander dans une centrifugeuse.

Il pousse le diable vers la voiture, ouvre le coffre et commence à décharger les bouteilles et le reste. Malgré son petit numéro de voltige, Mado est encore visiblement à cran. D'habitude, le simple fait de faire valser la Twingo comme un canasson de haute école suffit à la remettre de bon poil. Dominique se demande aussi ce qu'elle fout dans sa vieille combinaison de mécano, mais il préfère garder ses questions pour lui. Mado est plutôt bonne fille, mais elle peut aussi vous péter à la gueule quand elle est vissée de travers et il sent que ça pourrait bien être le cas aujourd'hui.

– Ça va ? fait-il d'un ton neutre, une fois le coffre vide.

– Tu croyais que je m'étais tirée, hein ? Avoue que t'as eu les chocottes.

– Pas du tout. Ta fourrure de koala en peau d'acétate est toujours là où je l'ai planquée. J'ai vérifié.

– Le jour où je voudrai vraiment partir, tu pourras t'en faire un suspensoir, de ma peau de koala.

– T'emballe pas, mon trésor. Je commençais juste à m'inquiéter. Tu vois, je suis cool. Je te demande même pas ce que t'as foutu pendant tout ce temps.

– J'ai rencontré un mec, si tu veux savoir. Un vrai gentleman. Le genre qui s'essuie les yeux avant de te regarder.

– Le bon, j'espèrrre, fait une voix dans son dos.

Mado fait comme si elle n'avait pas entendu.

Son malaise ne passe pas. Il s'est même accentué depuis que Kouzma a poussé sa panse hors du bistrot. Elle déteste le Russe. Bizarrement, il lui rappelle ces énormes cigarettes que son père fumait, avant de louper la lisse du bateau où il devait s'embarquer et de se faire écraser comme un vieux pneu entre la coque et le pont. Des Boyards papier maïs, que ça s'appelait. Elles étaient aussi moches que le Russe et puaient presque autant. Mado est persuadée que si les Boyards pouvaient parler, elles auraient le même accent grotesque que Kouzma. Elle ne sait pas trop ce qu'il fabrique, mais, quand il est avec lui, Dominique à l'air d'un petit merdeux parlant avec le Père Noël.

– Je t'ai causé, mon pigeon, fait le Russe en roucoulant comme un cabestan grippé.

Costaud, la boule à zéro, sempiternellement vêtu d'un pardingue cradingue en pied-de-poule, le cosaque s'approche de Mado en la détaillant de ses petits yeux d'ours.

– C'était ce qui était convenu, non ?

– Détourrrne pas la converrrse, fleurrr des poix. Dis-moi juste s'il a morrrdu ou pas.

L'image du moine faisant tournoyer sa cape pour la couvrir brille encore comme un rush de paillettes dans la mémoire de Mado.

– Comment veux-tu que je sache, fait-elle d'un ton détaché. En tout cas, il ne m'a pas envoyé balader. Il a même condescendu à me parler, si tu veux tout savoir.

Le reste, elle le garde pour elle. Elle se sent assez mal à l'aise comme ça. Inutile d'entrer dans les détails.

– Très bon, ça, très bon, jubile Dominique. Bien joué, Mado. Ce soir, je t'emmène au restau et c'est Kevina qui fera baver les caves.

– Et jeudi prrrochain, t'y retourrrnes au Leclerrrc. Et toi, Domi, t'irrras avec elle.

Mado hausse les épaules et Dominique baisse la tête.

13

– Décidément, les Voies de Mon Fils sont impénétrables, ronronne Gégé en se lissant la barbe. Je croyais pourtant dur comme fer que leur rencontre au Leclerc était purement fortuite.

– Vous avez l'air déçu…

– Presque… Je l'aimais bien, cette scène régie par le plus acrobatique des hasards…

– Allez… Pas d'hypocrisie ! C'est quand même vous qui l'avez tirée, cette carte…

Gégé est pensif. Il a beau tout savoir et tenir l'infinité du temps passé, présent et futur dans l'éternel instant de Sa Connaissance, il y a toujours des détails qui lui échappent, qui agissent à leur guise en glissant sur les paramètres qu'il laisse à ses créatures. Un peu comme cette particule machin dont il oublie toujours le nom et qu'il a dotée de la surprenante faculté de passer par deux points différents en même temps.

– Des fois, je me demande si vous méritez vraiment la place que vous occupez, sourit Lulu. Comme si vous ne saviez pas parfaitement que, quelque soit la longueur de sa chaîne, on peut toujours remonter le hasard jusqu'à sa source.

– Je le sais, bien sûr, c'est juste que j'ai de plus en plus tendance à oublier de faire gaffe à tout. L'âge, probablement... Ne me dites pas que vous n'en ressentez pas vous aussi les effets, cher et satanique compagnon de jeu.

– Je ne sais pas si c'est l'âge qu'il faut incriminer, noble et très ancien partenaire. Après tout, et même si vous m'avez devancé d'une courte tête, nous sommes tous les deux aussi jeunes et aussi vieux qu'au début.

Gégé soupire comme une Pacific à l'arrêt.

– Je n'en suis plus si sûr. Je me demande souvent si en laissant une telle latitude de choix à l'homme, nous ne lui avons pas aussi donné par mégarde le pouvoir de nous faire vieillir.

– Heureux de vous l'entendre dire... Ça rejoint parfaitement les craintes que j'essayais d'exprimer avant que nous ne commencions à jouer.

– Bon, trêve de philosophades et retournons à la partie... Voilà notre Antoine bien mal barré avec ce genre de gugusses sur le dos.

– Ouais. Les Russes étaient déjà difficiles à manier avant la chute du Mur, on peut pas vraiment dire que ça se soit amélioré depuis...

– Comme vous dites. Allez savoir de quoi ces orthodoxes sont capables ?

– Je vous vois venir, vénérable et rusé vieillard, rigole Lulu. Si vous cherchez à débusquer dans mon jeu la mauvaise action qui se profile, j'aime autant vous le dire tout de suite, c'est absolument sans espoir. J'ai bien ma petite idée, comme vous sans doute, mais c'est le jeu et lui seul qui tranchera.

– Vous avez raison. Laissons-les s'amuser un peu. Il faut bien que Genèse se passe…

– Vous ne vous améliorez vraiment pas. Encore un effort et vous serez enfin au niveau de l'almanach Vermot.

– Ne soyez pas pisse-froid, mon bon Lucifer. Vous croyez peut-être que je n'ai pas vu vos petits yeux cruels rigoler sous cape…?

– Je rigole parce que je suis heureux. Jéhovah en plein karma sémantique, c'est bon signe pour le reste de notre tournoi.

– À propos… Si je compte bien, jeudi prochain ça nous fait une semaine en temps terrestre. Vous ne croyez pas qu'on pourrait accélérer un peu ?

– Hors de question ! Pas de miracle, surtout. On reste dans le cartésien. C'est bien plus marrant.

– Descartes avec des cartes, pouffe Gégé en regardant son jeu.

– Je vais bientôt avoir du mal à vous suivre. Bon, c'est dit, on laisse filer une petite semaine de temps terrestre et on se casse une croûte en attendant.

Lulu fait un signe de la main à Jean-Claude qui

enclenche immédiatement le turbo. Intuitivement et depuis longtemps, le garçon sait que ces dérisoires petits vieux trament ensemble quelque chose qui le dépasse. Quoi ? mystère. Sa façon à lui de participer à l'événement consiste juste à guetter leurs appels et à se pointer ventre à terre en glissant sur la sciure du carrelage comme un palet de curling.

– Ces messieurs...?

– Nous avons décidé qu'il était temps de manger, énonce Lulu d'un ton grandiloquent.

– La formule, comme d'habitude ?

– Ah non, s'écrie Gégé. Aujourd'hui, c'est gala ! Le menu !

14

Le Temps, finalement, est une donnée aussi malléable qu'une tranche de veau. Ça dépend de l'épaisseur choisie par le boucher. Adoncques, le jeudi suivant, Frère Antoine gare sa 4L dans le parking couvert du Leclerc de Carhaix.

Ce coup-ci, il est en avance de dix minutes sur l'ouverture. Il a le temps, tête baissée et capuchon rabattu sur son incognito, de choisir un caddie roulant normalement, selon des principes qui, même si les Incas ne les connaissaient pas, restent néanmoins d'une grande simplicité mécanique. Au troisième essai, il est relativement satisfait. Son engin avance, certes en couinant, mais selon une trajectoire apparemment rectiligne.

Il s'approche alors de l'entrée de l'Hyper-Veau d'Or, en matant du coin de l'œil toutes les Twingo déjà garées dans les parages. Il n'en voit pas de mauve. Il soupire de soulagement. À présent, il n'est plus qu'un élan stratégique, un montage cinétique

– « une force qui va », comme disait Victor Hugo – composé d'une liste de courses et d'un parcours supposé, le tout animé d'une force initiale graduée entre le à fond la caisse et le à toute berzingue. Ce jeudi-là, le papier toilette a été remplacé, en tant qu'acquisition majeure, par des produits d'entretien, du sol au plafond, la tornade blanche, Monsieur Propre, tout ça, le Père Gilles a en effet annoncé que le grand nettoyage annuel de l'Abbaye était prévu sous peu.

Frère Antoine est l'un des premiers à entrer dans le Temple de Baal. Histoire de conserver son avantage, il effectue quelques dépassements aussi hasardeux que ceux de Choumachère sur le circuit de Monaco. Plusieurs clients, ulcérés par la brutalité de ces manœuvres, se taisent en repérant la robe. En ces terres bretonnes, la religion garde encore quelques antiques prérogatives.

Et ce jour-là, notre moine bat des records. Le premier à entrer, il est aussi le deuxième à payer. Juste derrière un pépé venu acheter Ouest-France, section Loudéac-Rostrenen, une baguette et une boîte de pâté Le Hénaff.

Sans un mot, concentré sur une ergonomie mise au point depuis au moins deux jours, Frère Antoine règle la note, cette fois en liquide, le Père Gilles, qui n'aime pas garder sous le toit de Dieu le symbole du profit, le nerf de la guerre et la raison du Grand Baston Perpétuel, a raclé les fonds de tiroir. Cela dit, il a dû se gourer dans ses prévisions car il reste encore, in ze poquette de Frère Antoine, une jolie somme.

Mais il n'a ni l'intention ni le temps de se demander si la caissière s'est trompée ou si elle lui a fait une fleur. Il fonce. Direction la 4L, qui, ce matin, docile comme une berline allemande, a démarré dans un ronronnement de matou repu.

Une fois dehors, il calcule le chemin le plus court entre deux points, le trouve, et pousse son caddie à la vitesse d'une pécheresse sur le chemin des soldes. Et au moment où il longe une espèce de limousine de type suédois, la portière d'icelle s'ouvre malencontreusement, forçant Frère Antoine à freiner des deux pieds et des quatre roulettes. Et la Voix du Diable éclate dans le silence rassurant du stylite.

– Ah, ça, pour un hasard !...

Non, pense le moine. Non... Je suis maudit. J'ai chaud. Non... Pitié.

– Bonjour mon frère, sourit Mado en lui tendant la main.

Frère Antoine est sur le point de la saisir poliment, mais il se retient de justesse

– Vaudrait peut-être mieux éviter de se toucher... balbutie-t-il.

– Ne craignez rien, j'ai mes habits civils...

– Tant mieux, ma sœur, mais ce n'est pas exactement ce que je voulais dire...

Frère Antoine ne sait pas ce qu'il voulait dire,

exactement ou non. Il se tient, intérieurement, un petit colloque sur les Voies du Seigneur qui sont, comme chacun sait, impénétrables, mais surtout gonflantes. Et il se dit que s'Il n'a trouvé que ça pour le tenter, eh bien c'est nul, ça commence à bien faire et ça devient carrément pénible. Mais il n'a pas le temps de gloser, parce qu'une espèce de grande gigue déboule de nulle part et se met aussitôt à hurler. Frère Antoine se retourne pour savoir à qui cet énervement s'adresse.

– Ah vous voilà, vous, le curé, eh bien vous tombez bien, je vous attendais...

Grand, maigre, le visage balafré de deux rouflaquettes aussi noires que le regard qu'il jette sur le malheureux moine, le nouveau venu a l'air d'une planche à pain fringuée en hidalgo de Mardi Gras.

– Calme-toi, Dominique... s'interpose Mado, il n'y est pour rien, je te l'ai déjà dit.

– Toi, tu te tais, tu rentres dans la caisse et tu t'en mêles pas, t'as déjà assez fait de conneries comme ça.

– Je fais ce que je veux !

– C'est vrai, quoi, intervient Frère Antoine. Cette jeune femme et moi ne faisons que...

– Je sais parfaitement ce que vous faites, ratichon de mes fesses, fait l'hidalgo en le toisant du haut de ses bottines à talonnettes. T'inquiète pas pour elle, c'est à toi que je suis venu causer.

Fugitivement, le religieux se souvient du temps où il aurait mouché l'impertinent à coups de boule dans le pif, mais, comme le lui serine souvent le Père Gilles, il y a un temps pour tout.

– Bien sûr que tu fais ce que tu veux, ma poulette, fait Dominique en s'adressant à Mado avec un sourire pompé dans une série Z, mais tu vas le faire dans la bagnole !

Et la jeune femme s'exécute en claquant rageusement la portière derrière elle. Bizarrement, et bien que sur ses gardes, Frère Antoine trouve tout ça un peu théâtral, assez mal joué, comme ces trucs de patronage de son enfance, avec le pharmacien du village dans le rôle de Lorenzaccio. Et ça le rassure. Il y voit un peu plus clair. La tentation initiale commence à prendre des allures de piège. C'est à lui qu'on en veut. On veut le mettre dans la peau d'un dindon. Mais savoir de quoi la farce va être composée, ça…

– Ecoute-moi bien, lui crache le rouflaqué en pleine face. Moi, je n'ai rien contre toi, ta secte ou qui que ce soit d'autre. J'ai même fait ma communion si tu veux tout savoir… Mais y a des limites. Et les limites, les v'là !

Et il sort de sa poche cinq photos qu'il étale sur le capot encore tiède de la Volvo. Frère Antoine se reconnaît facilement. Le jeudi précédent. À la caisse du Leclerc. Avec Mado à poil et lui en train d'ôter sa robe. Pour un pékin lambda, ça pouvait passer pour des clichés d'un moine et d'une jolie femme n'y tenant plus et se mettant à l'aise pour consommer vite fait au milieu des codes-barre.

– Oui, dit Frère Antoine. Et alors ?

– Alors, j'ai reçu ça par la poste... À mon bureau. Anonyme mais précis, si tu vois ce que je veux dire... On me disait que, si ça se répandait, ça ferait une publicité catastrophique pour mon établissement. Déjà que certaines ligues pour la morale me cherchent des poux, il suffit qu'un truc comme ça arrive chez le sous-préfet pour que ma licence saute aussi sec.

– Oui. Et alors ?

– T'es con ou quoi ? hurle Dominique. Et alors, je les ai payées deux mille euros, ces putains de photos.

– C'est cher, mais je vous en prie, mon fils, surveillez votre langage. Un peu de respect pour l'habit que je porte.

Dominique manque de s'étrangler.

– Que vous portez seulement par intermittence, on dirait...

Frère Antoine a beau savoir que la colère figure en bonne place dans la liste des péchés capitaux et qu'il aggrave considérablement son cas en poussant son prochain, fut-il un matador de pacotille, à le commettre, il ne peut s'empêcher de répéter d'une voix suave :

– Oui, et alors ?

– Et alors, j'en suis de deux mille, pauvre bouché d'enfroqué ! vocifère Dominique. Et pour être plus clair, je me dis que ces photos, sur le bureau de votre patron et sur celui du journal local, ça ferait mauvais effet pour votre propre maison…

– Certes.

Frère Antoine fait semblant de réfléchir. Ce guignol efflanqué de Dominique est si mauvais que c'est plus du théâtre, mais, précisément, du Grand Guignol. Et puis, ça commence à l'amuser. Il préfère ce genre d'arnaque à l'estomac au spectacle d'une nymphe à demi nue gambadant sous ses yeux. Il soupire et sort de sa poche quelques billets.

– Je n'ai que ça. Cinq cents euros, à vue de nez... Et encore, vous avez du pot, je crois que mon Supérieur s'est gouré dans ses comptes… Je crains de ne pouvoir faire plus. Au cas où vous ne le sauriez pas, je vous signale que ma communauté a fait vœu de pauvreté…

– Vous vous croyez à la quête du dimanche, le curé, ricane Dominique. Pourquoi pas une poignée de boutons de culotte, tant que vous y êtes ?

– Je crains d'en manquer, mon fils. Écoutez, je vous donne ce que j'ai et vous prenez aussi mes produits d'entretien… On a toujours besoin de produits d'entretien, non ? Votre établissement brillera comme un sou neuf et nous serons quittes.

– Vous vous foutez de moi ?

Frère Antoine décide de répondre par un mensonge. Pas question de trop jouer avec les nerfs de l'hidalgo avant de savoir ce qu'il a réellement en tête.

Et puis, il y a Mado. Qu'il vient d'entendre pouffer derrière la vitre de la Volvo et qui pourrait bien faire les frais de la rogne de l'excité qui l'accompagne.

– Non, mon fils, fait-il humblement. Je n'ai que ça… Ça et le pardon de Dieu pour mes fautes.

Dominique a l'air de réfléchir. Puissamment. Il y met une telle ardeur que Frère Antoine anticipe déjà le claquement sec d'un neurone pétant comme la corde de mi de Keith Richards en plein solo de *Midnight Rambler*.

– Il y a bien une solution, mon p'tit père, dit-il avec un sourire triomphant. On se la fait au stud-poker.

– Pardon ?

– Aux cartes. Dans la bagnole. À deux. On met cinq cents chacun.

– Comment voulez-vous…? Je ne connais rien aux cartes !

– Fastoche… Je vais vous expliquer ça en deux minutes… Plus simple, tu meurs, plus réglo, je peux pas. Si vous gagnez, j'annule la dette et je vous rends les photos. Si vous perdez, vous me remboursez en travail salarié, pendant un an, le ménage, le nettoyage, tout ça. Deux jours par semaine.

– Mais, ce n'est pas possible. Je suis moine, soumis à la règle de l'enfermement… Comment faire pour sortir deux fois par semaine ?

– C'est votre problème… Vous vous échappez

déjà tous les jeudis, non ? Et puis, rien ne dit que vous allez perdre. Question hasard, votre Bon Dieu en connaît sûrement un rayon.

– Justement… C'est un péché… Totalement interdit par la religion…

– Parce que se défringuer en public, c'est autorisé ? C'est quoi votre religion, exactement ?

Frère Antoine baisse la tête. Ce coup-ci, il n'a plus d'argument. Dieu lui pardonnera sans doute ce péché comme il lui a pardonné tous les autres. Il a intérêt, du reste, parce qu'au plus profond de l'endroit où Il se cache et même en admettant que Son Très Saint Esprit ait été momentanément distrait par quelque tâche incomparablement plus importante que celle de veiller au salut de l'âme d'un humble frère tourier, Il sait que l'humble créature en question a tout fait pour éviter de se retrouver dans la situation qui l'attend.

– Amen, murmure-t-il en se signant discrètement.

Dominique ne peut dissimuler le sourire de triomphe qui perce entre ses rouflaquettes pendant qu'il savoure la défaite de ce pauvre homme en pénitence, ce petit pécheur coincé et bredouillant qui croit s'en remettre à Dieu alors qu'il ne sait même pas ce qui l'attend.

À travers la vitre de la Volvo, Mado fait la gueule.

– Bon, dit, très faiblement Frère Antoine. Allons-y et que Le Seigneur me protège…

15

La lecture patiente du menu les a ravis.

Décidément, ce dimanche était béni des Dieux, ceux des barbares, comme les grecs et les romains.

Lulu avait sauté sur un médaillon de Jésus de Lyon, écartant à la dernière minute des Saint-Jacques au bain-marie. Gégé, lui, n'avait pas pris d'entrée, choisissant direct un poulet à la diable. Son compère avait, en gloussant, commandé un St-Pierre aux nids d'ange.

Pour le dessert, ils avaient pris en bloc des pets de nonne et des religieuses. Et une bouteille de Lacrima Christi pour humecter tout ça.

Jean-Claude avait bien trouvé ça étonnant, mais il ne savait pas pourquoi.

16

– À vous de donner, dit Frère Antoine en ramassant sa mise sans prendre la peine de compter les billets.

– Je sais, grogne Dominique. Après vous, c'est moi. Pas la peine de l'annoncer à chaque fois.

– Désolé… Tout à l'heure, vous m'avez dit…

– Tout à l'heure, j'essayais de vous apprendre les règles…

Assis sur les sièges en cuir de la Volvo, les deux joueurs se font face. Mado, passée devant, ses jolis bras croisés sur le dossier du siège conducteur, contemple d'un air réjoui l'imposante brassée de billets qui s'étale devant le moine. Dominique est aussi blanc que sa liquette de haut vol.

Il ramasse les cartes, les bat et jette un regard furieux à son partenaire.

– Je vous écoute, grince-t-il.

– Un peu d'indulgence, mon bon monsieur, je débute, plaide Frère Antoine en piochant un billet de cinquante dans son tas. Blinde à cinquante, cinq dont une et ouverture libre.

Dominique ponctionne son tas maigrichon de cinq coupures de dix euros, couvre la blinde du moine et distribue les cartes : une cachée et l'autre retournée pour chacun des joueurs.

– Sept de trèfle et valet de pique. La parole est au valet de pique... Vingt unités de plus pour le valet, ajoute-t-il après avoir regardé la carte cachée.

– Je suis, fait Frère Antoine.

– As de cœur et dix de carreau. La parole est à l'as.

– Parole.

Dominique regarde une fois de plus la carte cachée, hésite une micro-seconde avant d'annoncer :

– Cinquante de mieux...

– Comme vous y allez, siffle Frère Antoine, mais au diable l'avarice... Je suis vos cinquante et je relance d'autant.

– Mais vous n'avez même pas regardé votre carte, balbutie l'hidalgo, conscient d'enfreindre du même coup la plus sacrée des lois tacites du poker.

– Pourquoi ? C'est obligé ? demande le moine d'un air innocent.

– Non... Bien sûr que non... C'est juste que...

Finalement, il préfère se taire. D'ailleurs, il ne sait plus ce qu'il voulait dire. Il se contente de donner les cartes en essayant de ne pas bégayer :

– Huit de cœur et dix de pique... La parole est à la paire de dix...

Cette fois, c'est d'excitation que sa voix tremble. Deux dix et un valet sur la table... En comptant le valet de cœur caché, ça lui fait deux paires aux valets par les dix. Deux paires contre un as... Deux, dans le pire des cas.

– Cent de mieux. Non... Soyons pas rat, disons cent cinquante, dit-il en plaquant sauvagement les biftons sur le cuir des sièges.

– Pas de raison de jouer les petits bras, fait Frère Antoine. Je vous paye et je relance d'autant... Trois cents euros rien que pour le plaisir de vous voir distribuer la cinquième carte...

Dominique a un peu de mal à allonger le montant de la relance. D'abord, parce qu'il commence à être aussi sec qu'un tas de goémon pendant les marées d'équinoxe, mais, surtout, parce que ce putain de moine est en train de lui faire perdre son poker.

– As de trèfle et huit de carreau, chevrote-t-il en alignant la dernière donne. La parole est à la paire d'as...

– Tapis, annonce froidement le moine. C'est bien comme ça qu'on dit, non ?

Dominique n'a plus un poil de sec. Le moine le tient à la gorge. Il n'a même pas besoin d'un troisième as pour le battre. Un sept ou un huit suffit.

– Vous me montrerez votre carte, si je me couche ?

– Pas question. Au poker, on paye pour voir, c'est la règle.

– Au point où j'en suis...

La dernière carte est un as. Dominique en est presque soulagé. Quitte à se faire baiser, autant que ce soit par un brelan d'as. Le moine s'ébroue.

– Bon. Voilà les deux mille que je vous dois. Les deux mille cinq cents qui restent serviront à notre caisse commune. On va pouvoir refaire le toit de la contre-chapelle et je vous en remercie. Le Seigneur était avec moi, je l'avoue bien humblement. Il a guidé mes relances…

– C'est ça, foutez-vous de ma gueule…

– Loin de moi cette idée, mon fils, fait Frère Antoine en tendant la main. Les photos, j'ai votre parole, et avec les négatifs, si possible…

De rage, Dominique lui balance l'enveloppe. Le gagnant en vérifie l'intérieur avec soin.

– J'ai peur que vous ne vous fassiez des idées rétrogrades sur ce que nous sommes. Notre sacerdoce et tout ce genre de choses… Nous avons même la télé. L'autre soir, j'ai vu un film américain avec Steve McQueen. Ça m'a appris quelques trucs…

Mado est sidérée. Elle a beau le manger des yeux, elle a beaucoup de mal à reconnaître l'homme d'église pusillanime qu'elle a percuté une semaine auparavant. Fascinée, elle se demande comment un simple mortel, un mâle de surcroît, peut changer aussi radicalement en aussi peu de temps.

– Bon, sur ce… La paix sur vous et vos proches…

17

Le silence dans le réfectoire est du genre cistercien épais. Un silence typique agglo hydrofugé de 30 mm, se dit le Père Gilles se souvenant avec émotion d'une enfance passée dans la petite entreprise de matériaux de construction paternelle. Il avait tout de suite senti que son frère tourier était rentré du Leclerc avec une conscience légèrement bousculée. Il l'avait observé déballer les courses et, à ses gestes aussi désordonnés que rêveurs, il avait compris que Frère Antoine s'était heurté à quelque chose d'autrement plus coriace que l'habituelle tentation de la chair. Satan en personne, peut-être ? Ou, plus probablement, Satane, avait-il conclu avec un petit rire intérieur. Attribuer un sexe au Malin n'était certainement pas une idée très kascher, mais, outre qu'elle l'amusait, elle correspondait sans doute à la réalité terrestre qu'affrontait son fils.

Se gardant bien de poser la moindre question, il s'était contenté d'observer son moine tourier sans piper mot. De toute façon, il le savait, il jouait sur du velours. L'obligation de la confession est, avec le recul, une excellente chose que les flics envient avec raison au clergé. Pas besoin de coups de Bottin sur les rotules, ni de lampes bourrées de watts dans la gueule pour que le coupable passe à table et mange son tablier. Il est vrai que la punition qui suit l'aveu est aussi beaucoup moins définitive. Encore que réciter vingt-deux Pater à genoux sur des pois aussi chiches que secs ne soit pas une sinécure.

– Et cinq flacons de trucs à la javel, plus cinq autres à la lavande pour protéger l'épiderme des ravages des précédents, grommelle Frère Antoine en vidant le dernier carton.

– Tout y est, mon fils, approuve le Supérieur en biffant les derniers articles sur la liste. Je suppose qu'il vous reste de la monnaie...

– Ah oui, j'avais justement l'intention de vous en parler...

Plus rouge qu'une tomate arrivée à terme, il sort piteusement de sa poche une liasse de billets, certes pas énorme, mais notablement plus épaisse que celle de départ.

– Miracle ! s'exclame malicieusement le Père Gilles. La multiplication des pains ! Je ne vois pas d'autre explication...

– Euh... Pas exactement, bafouille Frère Antoine dont le visage a maintenant pris la couleur d'une robe de cardinal. C'est que, précisément, il y en a une autre, mon Père…

– Je vous en prie, mon fils, pas maintenant. Nous verrons cela dans le secret du confessionnal. Cela dit, en attendant, rien ne vous empêche d'aller prier le bon Saint-Tugdual pour commencer, notre Seigneur Jésus-Christ ensuite et, pendant que vous y êtes, le Père et le Saint-Esprit. Comme on dit chez les profanes, ça ne mange pas de pain…

– Bien, mon Père.

– Allez en paix, mon fils, et profitez en pour faire un petit détour par la Poste. Il nous faut une centaine de timbres pour expédier le mailing fromage. Prenez l'argent nécessaire et foncez, ça urge. Le frometon, ce n'est pas comme la confession, ça n'attend pas.

– Mais mon Père, c'est que…

– Quoi, encore ? Pour une fois, cessez donc de discuter mes instructions, pauvre pêcheur. Pensez plutôt à nos Saints Martyrs. Ils ont accepté de tout prendre sur eux et c'était autrement plus difficile que d'aller faire la queue au guichet.

– Bien, mon Père.

– Allez en paix, mon fils.

Facile à dire, se dit Frère Antoine en reprenant le chemin du Grand Dehors.

18

– Ce qui m'embête, dit Lulu, c'est qu'on a pas grand-chose à faire. Surtout moi... Votre ouaille n'a besoin de personne pour s'enfoncer dans le pétrin. Elle a le don de s'y enferrer toute seule.

– C'est peut-être mon ouaille, mais je vous rappelle que c'est votre carte. La mienne, c'est Mado.

– Parlons-en, justement. À part la foutre à poil à tout bout de champ, on ne peut pas dire que vous vous en servez beaucoup.

Gégé hausse les épaules.

– Je vous trouve bien ronchon, mon cher Lulu. On avait décidé ensemble de laisser rouler et c'est ce qu'on a fait. Qu'est-ce que vous voulez que je vous dise ? Je ne vois vraiment pas où ça va, mais il faut être patient... Faut attendre. Ça nous permettra de finir cette excellente religieuse...

Avec un sourire mutin, il coupe le gâteau en deux et en tend une moitié à Lulu.

– Vous vous souvenez de la définition que donnait

Lénine du vieux bolchevique ?

– Ouais… Patient et ironique. Encore une de vos créatures. Un fieffé manipulateur, celui-là.

– Pas plus qu'un autre. Promettre le Paradis en laissant s'installer l'Enfer est une erreur assez commune. Nous en savons tous les deux quelque chose, non ?

– Parfaitement. C'est même là-dessus que votre église s'est bâtie. Sauf que ce sont vos créatures, pas les miennes. C'est bien vous qui les créez avant de me les lancer dans les pattes, non ?

Gégé hausse les épaules.

– C'est la base de notre association. Où voulez-vous en venir ?

– À un pauvre moine qui joue au poker comme un malfrat de Las Vegas.

– C'est votre carte, mon bon Lulu, pas la mienne.

– Le moine, pas le poker… Vous n'allez quand même pas me faire croire que vous ne savez rien du passé de ce gugusse. Et n'invoquez pas un miracle. Ce type triche encore mieux que moi.

Gégé hausse à nouveau les épaules.

– Je ne vous savais pas si mauvais joueur. C'est le jeu, vous le savez bien. Le jeu, surtout le nôtre… *Wait and see*… Rien de plus…

Et, d'un coup, il enfourne sa moitié de religieuse.

– Ah, si vos créatures vous voyaient…

La bouche pleine, Gégé ne peut que hausser les épaules derechef.

– Et cessez de hausser les épaules, ça m'énerve, c'est une manifestation d'impuissance, ça ne vous ressemble pas. Et jouez donc une carte au lieu de vous bâfrer de nourritures terrestres. Au moins, ça nous fera gagner un peu de temps.

– Comme vous voudrez, fait Gégé en réprimant de justesse un mouvement d'épaules.

Il prend sa serviette, s'essuie les lèvres et abat une carte.

Lulu se penche et lit : accident de voiture.

19

Le moins que l'on puisse dire, c'est que Frère Antoine a les boules. Les mains crispées sur le volant de sa 4L, il passe rageusement en seconde pour négocier le mieux possible la courbe, la traîtresse, celle qui est juste avant le pont enjambant l'Hyères. Au même instant, une grosse Volvo, arrivant du Diable Vauvert – Je déteste cette expression, dit Lulu – lui fait une queue de morue pas fraîche. Le moine tente de braquer, mais les roues refusent de suivre le mouvement et, boum, la 4L part en dérapage dans le fossé où elle s'enfonce en éparpillant une poignée de digitales et de bêtes à Bon Dieu.

– Pareil pour moi, rigole Gégé.

Groggy, le cœur battant la chamade et les nerfs en queue de singe, Frère Antoine parvient à s'extraire du véhicule. Il en fait le tour pour constater l'absence de dégâts et se dit que, pour sortir de là, il va lui falloir au moins un tracteur, voire une grue. Non, tout sauf une grue, même dans son acception purement mécanique, le mot lui colle des palpitations. Il relève la tête, voit la Volvo arrêtée sur la route, une dizaine de mètres après le virage, et reconnaît la dégaine de frimeur de Dominique qui, l'air vraiment fumasse, lui fonce dessus.

– Vous l'avez eu où, votre permis ? Dans une sacristie ?

– Et le vôtre ? En jouant à la bataille contre votre petite sœur, sans doute. Je vous signale que c'est vous qui m'avez balancé dans le fossé. En doublant dans un virage et en me coupant la route sans la moindre raison.

– Ah ouais ? Et vous avez des témoins ? J'ai beau scruter l'horizon, je vois personne. À moins que votre patron n'accepte de descendre de son nuage, bien sûr...

Pour la deuxième fois en une seule journée, Frère Antoine se retient à grand peine de flanquer un coup de boule dans le pif de son prochain, et le fait que ce soit chaque fois le même prochain ne rend pas la chose plus facile.

– Sans vouloir vous vexer, vous êtes aussi mauvais en blasphème que derrière un jeu de cartes ou un volant, articule-t-il en respirant à fond, façon maître yogi, mais ne nous énervons pas. Par chance, nous n'avons aucun dégât et j'ai une corde dans la voiture. Vous m'aidez à sortir de là et chacun repart de son côté.

Dominique, goguenard, le toise, un mauvais sourire sur ses lèvres en lame d'Opinel.

– D'accord, mais à une condition. Vous m'accordez ma revanche au poker. Vous avez eu de la chance et j'ai besoin de me refaire.

Frère Antoine n'en croit pas ses oreilles. Ce type s'est déjà fait essorer comme une vieille serpillière et il en redemande. Les pigeons ne changeront décidément jamais, se dit-il en regrettant presque sa folle jeunesse.

– C'est non. Tant pis, je me débrouillerai tout seul. La charité chrétienne m'oblige à vous donner un petit conseil. Si vous croyez vraiment que le poker est un jeu de hasard, mettez-vous tout de suite au point de croix. Ça occupe aussi les mains et ça coûte beaucoup moins cher.

– OK, je prends le risque, dit Dominique en sortant un jeu de cartes de sa poche.

– Non ! No ! Niet ! Jamais ! Vous m'entendez ? Jamais !

Cette fois, il a crié si fort que le couple de mésanges qui piaillait dans le bosquet voisin s'empresse de déguerpir. Pas le gommeux. Il fait un pas vers le moine qu'il domine maintenant de toute sa hauteur dégingandée. Juste à bonne portée, se dit Frère Antoine au supplice. « Mon Dieu, donnez-lui la sagesse de reculer car je n'ai plus la force de résister », murmure-t-il en fixant ses sandales.

– C'est ça, bonne sœur de mes fesses, grince Dominique, récite tes prières, fourre-toi tes conseils dans la tirelire et dis-toi bien que j'aurais ma revanche, que tu le veuilles ou non. Excuse-moi, mais tu ne fais pas le poids...

– Sans blague ? crache le moine en cherchant fébrilement à détacher son chapelet. Si c'est ça que tu cherches, on se la fait en une reprise, maintenant...

– Je tape pas sur les gonzesses. Va crever...

Mais les rouflaquettes jugent soudain plus prudent de reculer de quelques pas.

Frère Antoine le regarde s'éloigner. « Merci de m'avoir exaucé, Seigneur, chuchote-t-il en ramassant son chapelet, mais, pour une fois, vous auriez pu attendre un peu. »

– Je te signale que c'est Mado que tu as mis dans la merde avec tes simagrées, braille Dominique. Grâce à toi, elle va s'offrir un petit séjour studieux à Paris... Porte de Bagnolet, si tu vois ce que je veux dire...

Dans les tripes monacales, il y a soudain un nœud. Un gros et qui fait très mal. Pourquoi ? Ça ressemble à... Mais il n'a pas le temps d'analyser cette brusque crise de sciatique morale car un grondement monstrueux envahit soudain le décor. Un tracteur géant déboule à toute vapeur sur le bitume, un de ces engins capable de tirer une locomotive en panne et en pente.

Le moine hésite entre une éventuelle partie de punching-ball et un sauveteur probable.

Il se met au milieu de la route et lève les bras.

Dominique, lui, en profite pour se ré-enfourner dans sa suédoise.

20

Tous les bâtiments nantis d'un clocher surmonté d'une croix ne sont pas des églises, loin s'en faut. Saint-Tugdual, par exemple, malgré son humble campanile qui tente timidement de percer un accroc dans le ciel radieux, du moins ce jour-là, de Centre Bretagne, n'est pas une église, mais une abbaye. Et si, grosso modo, les deux établissements sont au service des mêmes mythes, l'Abbaye, elle, échappe aux sempiternelles bigotes qui viennent pointer tous les après-midi à l'église pour bredouiller leurs pêchés rassis dans l'oreille d'un curé abruti par un transit intestinal laborieux. Ici, un confessionnal n'est pas une espèce de maquette en bois vernis de la Cathédrale de Chartres, équipée de fenestrons grillagés comme des portes de prison et d'un prie-dieu assez confortable pour qu'on y puisse ronfloter entre deux aveux. Ici, on se confesse dans le dur, à genoux sur la dalle et tête contre front dans une cellule aussi nue que la tombe du Christ. Et, en plus, ça résonne.

Du coup, Frère Antoine sursaute comme un gniard pris en faute quand le Père Supérieur se met à siffler d'admiration..

– Bon. *Nil admirari.* Du point de vue de la pénitence, ça va faire cher. Ça vaut bien cent mille Pater, cent mille Ave, un paquet de Confiteor et je vous fais grâce de tout un tas d'exercices qui ont, de près ou de loin, trait à la contrition…

– Merci, mon Père…

Frère Antoine garde la tête baissée. Peut-être ne tient-il pas à s'apercevoir que son supérieur a les yeux plus brillants que d'habitude. La curiosité est un vilain défaut, surtout dans un confessionnal, mais ce qui luit dans le regard du Père Gilles est plus de l'ordre d'une exaltation malsaine, celle qui s'empare d'un lecteur des aventures d'Arsène Lupin ou de la Madone des Sleepings, que de celui de la simple curiosité. Pour la première fois depuis longtemps, Antoine se demande s'il a bien fait de dire la vérité. C'est peu de dire que ça commence à sentir le savon, celui avec lequel on patine les pentes.

– Reste, continue le Père Gilles, reste le problème de cette pauvre pécheresse… *Non licet omnibus ad ire Corinthum.* J'ai beau avoir une confiance quasi absolue en la prière, je crains que ça ne suffise pas à l'empêcher d'aller voir du pays… Nous sommes dans un cas de figure où notre mission première est d'aider notre prochain. *Minima de malis.* Des maux choisir le moindre…

– Ce qui signifie ?

– Taisez-vous, mon fils, je pense tout haut. Il serait de votre devoir de chrétien de tenter tout ce qui est entre votre pouvoir pour sauver une pauvre âme perdue et la remettre sur le chemin de la béatitude. *Ex professo*, si j'ose dire.

– Pardon ?

– *Ex professo*. En homme qui possède parfaitement son sujet.

Sans connaître un traître mot de latin, Frère Antoine se doutait de quelque chose comme ça.

– Pardon, mon père, mais vous n'êtes quand même pas en train de me suggérer d'aller la gagner aux cartes ?

– Je n'irai pas jusque là, mon fils. Juste d'aller y voir d'un peu plus près. *Carcere duro.*

– Peut-être, mais duro ou pas, pas question d'aller au strip-tease pour me rendre compte si Mado professe toujours ! Ils ne me laisseront pas entrer, n'importe comment. Même en robe, je ne ressemble pas vraiment à une…

Frère Antoine se retient de justesse de prononcer le mot drag-queen. Le Père Gilles ne sait certainement pas ce que c'est et il n'a aucune envie de lui expliquer.

– Une quoi, mon fils ?

– À une honnête paroissienne…

– Aucune chance, mon fils, pouffe le Supérieur.

Vous pourriez au mieux espérer passer pour une drag-queen, mais rien ne vous oblige à la revêtir.

Frère Antoine sent soudain le poids du monde lui dégringoler sur les épaules. C'est d'autant plus pénible que, d'habitude, la confession lui fait l'effet inverse. Loin de voir la fin de ses ennuis, la route qui poudroie et l'herbe qui verdoie, par exemple, il aperçoit au contraire, tout simplement et brutalement, la poursuite obligatoire des emmerdes, la descente au tombeau et la malédiction éternelle. *Emmerdum totum, sepulcro chutem illico et maledictionem ad perpetam vidit*, comme dirait ce vieux chafouin de Père Gilles.

– Allez en paix, mon fils, et n'oubliez pas que l'argent du Diable a aussi sa place dans la poche de Dieu…

21

– *Latinus cuisinae*, s'exclame joyeusement Lulu. Pas mal, pour un religieux qui a probablement fait son séminaire dans un tripot. Cela dit, le latin, c'est un peu gonflant, ça fait pages roses.

– *Et nunc erudimini !* Et maintenant soyez instruits ! C'est Bossuet qui disait toujours ça. Bossuet… L'Aigle de Meaux.

– Sans blague ? Ça ne m'étonne pas qu'il soit passé à la postérité pour ses fromages et sa moutarde…

– On dirait que vous avez retrouvé toute votre bonne humeur, mon cher Lulu. Un café ?

– Allez… Un café. Nectar des Dieux, d'après je ne sais plus quelle peuplade qui pensait s'en tirer à bon compte en les multipliant… Je parle des Dieux, bien sûr.

– J'avais compris. Pourquoi pas, après tout. L'essentiel, c'est d'y croire, non ?

– Je vous trouve bien laxiste, aujourd'hui. C'est comme avec votre moine. Vous devriez intervenir.

Vous laissez quand même un de vos braves soldats foncer dans le temple du péché avec, pour toute armure, une résistance très théorique à la tentation.

– Le libre-arbitre, mon bon. C'est politiquement correct et ça nous fait des vacances…

Plus loin, derrière le comptoir, pendant la légère accalmie qui suit le coup de feu, Jean-Claude, le garçon, les observe en essuyant énergiquement un verre. Raoul, le patron, s'approche de lui, le ventre et le tablier en avant.

– Alors ?

– Rien. Je ne comprends toujours pas ce qu'ils trafiquent. Ils bouffent comme quatre et ils jouent aux cartes en rigolant et en se balançant des vannes…

– Bataille ou Poker ?

– Non, non. Ça ressemble à un truc de jeunes. Un jeu de rôle, ils appellent ça, les nains. C'est quand même bizarre, des pépés comme eux… En tout cas, des pépés royaux, hein, parce que, question pourboire, ça tombe comme les grenouilles dans la Bible.

– Parce que tu lis la Bible, toi ? Va débarrasser, ils ont fini.

– Y a le temps. Y aura le café, et après… le pousse-café. Et un digestif pour terminer. Les grands jours, ils ré-attaquent à la bière une demi-heure après.

– Qu'ils fassent gaffe. À leur âge, la bière, on tombe vite dedans. Va débarrasser, j'te dis.

22

Frère Antoine rôde dans les rues de Carhaix. Il fait nuit et, seules, quelques vitrines de magasins de fringues sont illuminées. On se demande pour qui, d'ailleurs. Il n'y a pas grand monde dans les rues. En tout cas, personne susceptible d'acheter un tuxedo en pur polystyrène, avec nœud pap et spencer assortis, ni de faire attention à cet homme mûr habillé comme un cacou, avec son tee-shirt d'ado et son vieux blouson en cuir. Et si personne ne le remarque, c'est qu'il ressemble, en tous points, à un de ces pistards bretons qui commencent la soirée en rigolant, dans des bars où ils évoquent la mémoire de Glenmor, et qui finissent la nuit en pratiquant le sport local, aplatir à coup de boule les tuyaux en zinc des descentes d'eau usée…

Antoine passe à petite vitesse devant un rade où semble régner une euphémique ambiance à tout casser. Il revient sur ses pas, repart et rebrousse chemin.

Il entre dans le bar, va directement au fait et au comptoir :

– Un ouiski, mon frère, irlandais si possible, s'il vous plaît.

– Du Bushmills, ça ira, ma sœur ? répond le serveur qui n'a pas l'esprit de l'escalier.

– Pas de problème, tonton.

Ah, c'est qu'on se marre, en Centre Bretagne.

Un peu ragaillardi par ses deux irlandais et la brillante conversation qui allait avec, Antoine sort de la 4L qui, nimbée par la lueur crépitante du parking, ressemble soudain à une très vieille auto-tamponneuse. Il regarde autour de lui et ne peut s'empêcher d'être relativement admiratif. Comment un établissement aussi loin de tout, avec un nom aussi crétin et mensonger que le Paradiso, pourvu d'un néon violet jusqu'au grotesque, peut-il, vu le nombre de bagnoles garées devant, attirer autant de monde ? Il se retourne face à la nuit et exécute un consciencieux signe de croix. Puis, respirant un bon coup, il s'avance vers l'entrée.

Y règne un unique portier, un type énorme, dont les tatouages semblent proclamer qu'il ne faut pas lui asticoter la science physionomiste. Bedaine proéminente, bonnet de marin, collier de barbe et air vachard.

– Bonjour Monsieur, dit le type poliment.

– Excusez-moi, mais je voudrais voir Monsieur Dominique... Si vous pouviez le prévenir, histoire qu'il vienne me voir ici, ça m'arrangerait.

– Je peux pas quitter mon poste, rapport aux jeunes qui repartent bourrés. Je dois vérifier... Pour éviter qu'il y ait de la viande sur les calvaires.

– Oui, bien sûr, je comprends, mais...

– Entrez. Je vais vous obtenir un exo. Allez au bar. Demandez Erwan. Expliquez-lui. Il ira chercher Dominique.

– Bon. D'accord... Merci.

J'aurai tout essayé, se dit Antoine. Tout. Mais, après tout, que Sa volonté soit faite et non la mienne...

– Bonne soirée, Monsieur, récite automatiquement l'immense portier.

– Je vous remercie, répond sombrement Antoine qui se sent vaguement trompé sur la marchandise.

À qui se fier si les terreurs tendance Sumo se mettent à être d'une politesse de marquise effarouchée, marmonne-t-il en affrontant le noir de l'antre.

Heureusement, ce n'est pas Mado qui professe. Avant de tourner, par précaution, la tête dans la direction opposée à la scène, Antoine a le temps de s'apercevoir que la danseuse est une blonde largement enrobée par l'abondance de bonnes choses dispensées par son créateur. Enfin, blonde... pour l'instant.

Pourvu que Mado ne soit pas déjà partie en croisière, espère Antoine qui met le cap sur le bar en fendant de son étrave bougonne la petite foule tétanisée. Il ne manquerait plus que ça… Le Père Gilles n'hésiterait pas à l'expédier illico faire des ronds dans l'eau du côté de la Porte de Bagnolet, ça ne fait aucun doute.

La musique est assourdissante et c'est en hurlant comme une bête qu'Antoine parvient à faire sa déclaration au barman. Un Perrier rondelle… C'est pas vraiment festif, mais il ne va tout de même pas engraisser les maquereaux avec l'argent du clergé régulier. Alors, les yeux rivés sur les bouteilles alignées de toutes les marques de ouiski qu'il ne connaît pas, il tente d'oublier la hurlante disco qui accompagne la prestation de la strip-teaseuse, et le silence de plus en plus épais d'un public découvrant la *Naissance de Vénus* de Botticelli, mais en trois dimensions, sans les cheveux et revue par Fragonard.

Heureusement, il n'attend pas beaucoup, même pas le temps de sécher sa pétillante, et pourtant, c'est peu dire qu'il a la gorge râpeuse… Dominique, tout sourire, apparaît comme par enchantement et d'un signe du doigt lui fait signe de le suivre.

Après un slalom au milieu de spectateurs hurlant soudain d'une joie extatique, sans doute un des murs de Jéricho qui vient de tomber, ils passent une porte capitonnée et se retrouvent dans une petite pièce meublée d'une table, de quelques chaises, d'un vieux canapé défoncé et de deux petites télés de contrôle, diffusant, l'une, des images de la scène, et l'autre du bar. D'ici, ce ne sont pas les jeunes qui picolent ou qui se battent qu'on surveille, mais ceux qui bossent et qui seraient tentés de souffler un peu. Mentalité de négrier, se dit Antoine en songeant au jour où toutes les baffes qui se perdent retrouveront leur chemin.

– Eh ben voilà, rigole Dominique, vous êtes là ! Et en civil, en plus. Entre nous, vous êtes mieux comme ça qu'en gisquette. De toute façon, on ne vous aurait pas laissé entrer. Notre portier adore s'essuyer les pieds sur les tarlouzes… Il appelle ça ses travelos pratiques…

– S'il vous plaît, si on pouvait laisser tomber les vannes, ça m'arrangerait…

– Bien sûr, mon Père. Vous avez raison. Fermons-les.

Et il pouffe derechef.

– Fermons les vannes… Je l'aime bien, celle là. Pas vous ? Non…? Bon, ben, je vous écoute.

– Mado est là ?

– Bien sûr qu'elle est là. Je vous rassure. Elle va même bientôt passer sur scène. Dans une mise en scène ébouriffante, en plus. Vous n'allez pas regretter. Un truc de science-fiction… Barbarella et plein de martiens qui attaquent ses vêtements…

Antoine décide, lui, d'attaquer bille en tête.

– Que faut-il faire pour acheter sa liberté ?

Dominique ne s'attendait apparemment pas à ça. Un peu saisi, il regarde le moine comme si c'était l'évêque de Saint-Brieuc en personne et en mitre. Puis il sourit, se retient de ne pas éclater de rire et se prend le menton dans la main, comme les écrivains qui font semblant de réfléchir sur les quatrième de couverture.

– Ah, ça… Pour une surprise… Mais ça ne dépend pas de moi. Je ne suis pas le directeur de cette entreprise, je ne suis que le gérant. Et puis Mado n'est pas prisonnière, vous savez...

– Et mon œil…

– Elle peut partir quand elle veut. Il faut simplement qu'elle rembourse ses dettes, l'installation, la formation, le loyer, tout ça, les charges patronales, la complémentaire de retraite.

– Combien ?

– Ça, faut demander au patron…

– Et on peut le voir où, le patron ?

– Ça, faut me le demander à moi.

Antoine soupire comme un pneu de tracteur sur un champ de clous. Il se doutait bien que ça ne serait pas simple, qu'il y aurait une condition, une épreuve, quelque chose de nature à venger l'honneur de ce grand con d'hidalgo.

– Je sens que vous allez me jouer du Corneille…

– Et puis quoi, encore ? Vous me croyez assez

con pour jouer les corneilles avec un corbeau, peut-être ? Non, moi ce que je veux, c'est ma revanche.

– Quand vous voulez.

– Pourquoi pas tout de suite ?

– Je suis là pour ça, profitez-en. Ce ne sera pas souvent.

– OK, mais pas au poker. J'ai le choix des armes…

Bien qu'un tantinet inquiet, Antoine hausse les épaules. Ça, il ne l'avait pas prévu. Tout en s'acharnant à éviter du regard la petite télé où Mado vient d'apparaître, il essaye de ne pas perdre de vue Dominique qui se dirige vers le téléphone posé juste devant l'écran.

– Apporte-moi un Ravaillac et fissa, sourit le mac.

Antoine se rend soudain compte qu'on n'entend rien du vacarme de la salle. Pas si pourrie que ça, la boîte, se dit-il, on pourrait tout à fait y zigouiller un cochon ou un moine sans laisser filtrer un décibel.

– La classe, non ? fait le grand crétin en jetant un long coup d'œil aussi salace que patronal sur la prestation de Mado. Les dames, vous connaissez ?

– Qu'est-ce que ça peut vous foutre ? Je vous demande si votre petite sœur se grattait les jambes pour se faire des bas rouges, moi ?

– Je parle pas de celles-là ! Le jeu de dames !

Antoine n'a pas le temps de répondre. On frappe à la porte et un serveur entre, un grand plateau en équilibre sur la main. Il le pose sur la table et Antoine découvre, effectivement, un damier. Mais sur les cases, d'un côté, il y a des petits verres remplis à ras bord d'un liquide brun, et de l'autre, les mêmes mais pleins d'un liquide blanc. Dominique est hilare.

– Les noirs jouent avec un vieux rhum de la Martinique. Les blancs, avec du rhum agricole de Guadeloupe, du cœur de chauffe. Ça tape pareil. Quand on prend, on boit le verre. C'est simple. Alors ? Les noirs ou les blancs… ?

23

– Je connais ! Aïe Aïe Aïe… On appelle ça le « Qui perd gagne ». Notre chéri est mal barré.

– Le regretté San Antonio lui donnait le nom de « Picoldame », rigole Gégé, mais je ne pense pas que ça change quoi que ce soit au résultat.

– Et c'est tout ce que ça vous inspire ? Que Satan rigole au spectacle de l'ivrognerie, c'est normal. Mais vous…

– Que voulez-vous que je vous dise, mon bon Lulu ? Y a que le foie qui sauve, comme toujours.

24

– Souffler n'est pas jouer, bredouille Frère Antoine qui souffle un godet adverse, le siffle et pousse l'un des siens.

Il regrette aussitôt d'avoir parlé. Chaque fois qu'il le fait, il a l'impression de soulever un haltère avec sa langue et de le laisser retomber de tout son poids quelque part au fond de sa cervelle. Il faut dire que la partie est bien avancée.

En collant leur nez sur le jeu et en divisant par deux ce qu'ils arrivent péniblement à compter, les deux joueurs arrivent même à se rendre compte qu'il y a, grosso modo, égalité entre les verres blancs et les godets bruns. Mais un spectateur objectif n'aurait aucun mal à constater qu'il y a, en revanche, totale égalité dans la beurrade. Gestes lents et imprécis, œil aussi vague que chassieux, respirations lourdes, brusques départs de ronflements aussitôt réprimés, les symptômes annonciateurs du coma éthylique planent comme des corbeaux sur la partie. Mais, surtout, il y a ce silence épais seulement troublé par le raclement du verre sur le bois du damier. On ne parle plus, on ne vanne plus, on essaye de penser, on tente de calculer.

Justement, dans la petite pièce, sans que Frère Antoine puisse se souvenir avec précision du moment de son arrivée, il est là, ce spectateur objectif. Un type énorme, du genre armoire normande croisée avec un bahut cosaque, qui, les bras croisés, se donne des airs de Tarass Boulba assistant au barbecue de rétines de Michel Strogoff. Antoine se demande vaguement ce qu'il fout là, mais le rhum n'autorise pas plus d'une pensée à la fois et la sienne est tout entière mobilisée par le jeu. Depuis combien de temps est-il là ? Tout à l'heure, il a bien essayé de regarder sa montre, mais l'effort était trop grand et les chiffres trop petits. Tout ce qu'il sait, c'est qu'on ne voit plus aucune agitation sur les petits écrans de télé. La salle s'est vidée, la fête est terminée. Plus aucune trace de jeunes exacerbés par le boum boum de la sono, plus de sous-vêtements éparpillés sur la scène, plus de mecs soudés au bar comme des berniques.

Frère Antoine respire un bon coup, prend un de ses verres, saute trois adversaires et va direct à dame. Il avale cul sec les trois pions qu'il vient de prendre, sourit de l'avantage pris et s'écroule victorieusement sur le damier.

25

– Bon… En voilà au moins un qui respecte la tradition des moines paillards, déclare Lulu. Je lui ai donné un petit coup de main, je le reconnais, mais il le méritait.

– D'accord avec vous. Si vous ne l'aviez pas fait, je m'y serais moi-même collé... Allez, on le laisse cuver et on s'en jette un ?

– Ce n'est pas de refus. Digestif ?

– Mais avec modération, précise, le doigt levé, Gégé. Souvenez-vous de la mirabelle de la dernière fois... Quand les Dieux picolent, c'est le monde qui tangue et il n'a vraiment pas besoin de ça. Surtout en ce moment...

– Et c'est rien de le dire.

Là-dessus, les deux vieux, dignes et pensifs, lèvent le bras pour signifier au prolétariat d'amener de la valeur, dans deux verres, en liquide.

26

Les cloches de l'Abbaye sonnent mâtines. Le jour n'est pas encore levé, seule une vague lueur arrose l'Est. Et, à propos d'Est, dans le crâne de Frère Antoine, c'est Dantzig. Allongé sur le ventre et tout habillé sur sa couche, les deux bras pendant de chaque côté, il tente de changer de position avec la lenteur et les grimaces du pékin qui se découvre une gueule de bois d'enfer.

– Encore cette façon de mettre l'enfer à toutes les sauces, râle Lulu. La langue se perd et l'on métaphorise dans le banal. Y a quand même un tas d'autres expressions ! La gueule comme un compteur à gaz seize ampères, par exemple.

– Moi j'aime bien prendre son lit en marche, renchérit Gégé.

– Ou les pompes à bascule et la fièvre de Bercy.

– Sans compter le coup de chasselas dans la trompette… Les dents du fond qui baignent...

Les deux démiurges se marrent avec une bonne humeur sans doute légèrement renforcée par la poire glacée qu'ils viennent d'expédier dans leur immortel gosier.

Les cloches se sont tues depuis longtemps, un petit soleil jaune citron passe par la meurtrière, mais dans la matière, pour l'heure plus verte que grise, qui clapote dans le cerveau de Frère Antoine, le bombardement continue. C'est à ce moment qu'entre, dans la cellule, un jeune novice, un de ces bambins au visage clair et exalté, un de ces êtres dont l'expérience du vice se résume à quelques pollutions nocturnes et à deux trois burettes vidées en loucedé à la sacristie. Effrayé par l'atmosphère confinée, il grimace comme un non-fumeur traversant la voiture 5 du TGV. Puis, respectueusement, il tapote l'épaule de l'épave échouée devant lui.

– Frère ! Le Père Supérieur vous demande.

– Rien à foutre...

– Frère ! ! C'est moi, Aristide ! Le Père Gilles s'impatiente !

– Casse-toi, putain ! Va te chier dans les doigts et arrête de beugler !

Le novice, blanc comme l'aube d'un premier communiant, saisi comme s'il venait d'affronter un quarteron de sans-culottes en pleine chienlit, fait machine arrière et part en courant dans un grand envol de robe.

Frère Antoine maugrée, tente de changer encore de position et, centimètre par centimètre, réussit à s'asseoir. La tête entre les mains, il fait tout pour évacuer la nausée et chasser l'escadrille de F16 qui s'obstine à patrouiller dans son ciel mental. Avec une grande économie de gestes, il parvient à enfiler sa robe de bure tout en essayant de faire le point.

C'est vite vu : il ne se souvient de rien, il ne sait absolument pas comment il est rentré au bercail et il n'a pas la moindre idée de ce qu'il a foutu de la 4L communautaire. Une chose est sûre, c'est qu'il va se faire sonner les cloches et que ça lui fout d'avance le bourdon.

Il parvient à dégotter les épaisses lunettes noires qu'il met pour conduire l'été, – tous les dix ans, en Bretagne, c'est la cadence – les enfile, et, à une allure de danseuse japonaise, sort de sa cellule. « Un peu d'air pur et une goulée d'eau fraîche, c'est ça qu'il me faut », marmonne-t-il en gagnant le cloître à tâtons.

Il se fige un instant, tel Nosferatu frappé par la lumière du jour, et puis, prenant soin de bien rester à l'ombre, il longe les arcades avec toute la prudence d'une taupe traversant un terrain de basket.

Il s'arrête souvent, rêve un moment devant le jardin central, celui dont s'occupe, avec tant de dévouement, Frère Armand, cet éternel novice un peu juste surnommé *la Main Gauche Verte de Notre Seigneur*.

Il sursaute quand un pétale de rose tombe à terre. Le moindre gazouillis d'oiseau lui met les neurones en vrille.

Il atteint enfin la fontaine qu'il tète comme un chameau déshydraté vide un oued.

Il finit par se retrouver devant la porte de bois de la cellule du Supérieur.

Il hésite à taper. Il tape. Dans sa tête, c'est comme s'il abattait un séquoia.

27

– Bon, là, faut faire quelque chose, dit Gégé d'un air sincèrement peiné. Je ne sais pas ce qui l'attend derrière cette porte, mais je doute qu'il puisse l'affronter dans cet état.

– À part lui envoyer un ange avec du Doliprane, je ne vois pas...

– Vous avez tort de plaisanter. Je me souviens encore d'un certain ange déchu qui n'avais pas craché sur un peu d'Aspirine céleste le jour où il s'est crashé, la tête la première, sur le sol.

– Craché et crashé... Pas mal... De plus en plus sophistiqué, même...

– Merci, mais je constate que vous ne répondez pas sur le fond.

– Les situations ne sont pas comparables. Sans Enfer en état de marche, votre Paradis ne valait pas tripette. Simple question de dialectique...

– C'est juste...

– Non, c'est malin... Ne confondons pas. Le

juste, c'est vous...

Ils se regardent. Ça les amuse, ils aiment ça, la joute verbale. L'ennui, c'est que pendant qu'ils jouent à vermoter, Frère Antoine, planté devant la porte de son Supérieur, a l'air aussi combatif qu'une rondelle de cervelas.

– Allez, un bon geste, une petite intervention…

– Carte Chance ?

– Ça serait pas mal...

– D'accord, convient Lulu, mais non retournée, c'est plus marrant.

Ils tirent une carte du petit tas et la placent sur les cartes déjà découvertes, au centre de la table.

28

Le Père Supérieur n'est pas seul. À côté de lui, il y a, debout près du petit bureau, un gendarme, un gros, une huile, avec des galons sur les épaules et, épinglée au-dessus du cœur, une barette de décorations signifiant que ça fait un moment qu'il est dans cette administration irréprochable et qu'il en a monté les échelons, un à un, à la force du képi.

– Asseyez-vous, mon fils, dit, d'une voix sombre, le Père Gilles. Le Capitaine a quelque chose à vous dire.

Frère Antoine pose ses fesses sur la petite chaise de bois. C'est peu dire que l'apparition du pandore l'a surpris. Tétanisé, les boyaux en nœud de vipères et la cervelle en eau de boudin, il lève, avec difficulté, son visage ravagé vers celui, aussi froid et rubicond qu'une betterave en salade, du militaire.

– Capitaine de Gendarmerie Alphonse Gaboux, dit-il en sortant un document à en tête de sa serviette. Je viens pour une plainte officielle déposée contre vous, ce matin même, par une dénommée Madeleine Robart. Une plainte pour viol. Voici une photocopie de ses déclarations...

Dans la tête de Frère Antoine, le bombardement a repris de plus belle. Ce coup-ci, c'est *Le Jour Le Plus Long* en cinémascope avec attaque en piqué de la Mairie, du beffroi et du bourgmestre.

– Et une convocation pour la Gendarmerie de Maël-Carhaix où sera organisée une confrontation, demain matin, à onze heures. En attendant, par respect pour l'habit que vous portez, je vous laisse en liberté, mais je vous enjoins de ne pas quitter l'Abbaye.

Frère Antoine voudrait bien dire quelque chose, mais aucun mot ne semble décidé à sortir de sa bouche. En fait, il a un peu l'impression qu'on vient de le transformer en enclume. Il a beau faire, il ne parvient qu'à lancer un long regard implorant au Père Gilles. En pure perte, car, pour l'instant, les yeux de son supérieur sont chargés à la chevrotine.

Alors, en désespoir de cause, il se contente de baisser la tête.

29

– Alors là, bravo ! Pour une intervention, c'est une intervention ! Vous parlez d'une Aspirine céleste, vous ? rigole Lulu. Un gendarme en uniforme et une accusation de viol ! Je ne sais pas où ça va nous mener, mais vous avez fait fort...

– Aucune idée... C'est le jeu qui nous mène, Lulu, le jeu seul. N'empêche que ça aurait pu être pire.

– Pardonnez-moi, mais je vois pas comment.

– Il aurait pu lui faire souffler dans le ballon, glousse Gégé avec un air espiègle.

30

– Mais mon Père… Que voulez-vous que j'avoue ? Je ne me souviens absolument de rien. Même pas comment je suis rentré. Vous avez beau me certifier qu'on m'a ramené, qu'on a sonné à la porte de l'Abbaye et que vous m'avez retrouvé vautré sur le paillasson, pour moi c'est du chinois…

C'est à nouveau confesse pour Frère Antoine, mais, cette fois, c'est du sérieux. Du genre flux tendu. Pas une de ces obligations hebdomadaires où l'on avoue, la mort dans l'âme et les genoux endoloris, qu'on a barboté le pot de confiture.

Le Père Gilles et Frère Antoine, histoire sans doute de solenniser l'événement, ont choisi la chapelle, déserte à cette heure. Dans la pénombre, seule la châsse de Saint-Tugdual semble encore rayonner de pureté et de bienheureuse simplicité. Le supérieur a revêtu son masque de Torquemada post-moderne et Antoine tente de calmer les frappes chirurgicales qui lui attaquent le bulbe.

– S'il ne s'agissait que de ça, mon fils. Ce capitaine de gendarmerie n'avait pas l'air de plaisanter. Il m'a montré des photos de vous et de cette jeune personne dans une tenue... Enfin, il vous sera difficile de prétendre que vous vous occupiez de son âme.

– Je le sais bien, mon père, mais enfin, dans l'état où j'étais hier soir, je ne vois pas comment j'aurais pu manier le goupillon ! Euh… Excusez-moi, mon Père, ça m'a échappé.

Le Père Gilles sourit sous la capuche. C'est si rare que l'on s'oublie encore devant lui.

– Mon fils… Il est difficile d'atteindre mon grand âge sans repérer les coups tordus quand il s'en présente un devant ma porte. Je sais bien que vous ne vous êtes pas abaissé jusqu'à violenter une de vos sœurs. Même pris de boisson.

– Je ne comprends pas.

– Ben justement, vous devriez. Ce qui m'apparaît évident, c'est qu'on vous a eu jusqu'à l'os... Euh, excusez-moi mon fils, ça m'a également échappé.

Malgré la gravité de la situation, le sourire du Père Gilles s'élargit en catimimi. Ce n'est pas tous les jours non plus qu'il a l'occasion de manier la langue verte. Il trouve d'ailleurs, in petto, que ça fait rudement du bien et que le latin ecclésiastique souffre d'une cruelle absence de vernaculaire.

– Vous êtes tombé dans un piège grossier. Bref, vous vous êtes fait entuber.

– Oui, mon Père, balbutie Frère Antoine.

– On vous manipule.

– Oui, mon Père.

– Et pourquoi donc ?

– Oui, mon Père.

– Oui, mon père, quoi ? Arrêtez d'ânonner comme si vous étiez à la messe ! Je vous pose une question. Pourquoi cherche-t-on à vous manipuler ?

Frère Antoine n'ose plus rien dire. Il essaye de réfléchir, mais autant demander à une cafetière de résoudre une règle de trois.

– Mon fils, je ne vois qu'une chose... On veut vous faire chanter. Et ça fait un petit moment que ça dure. Depuis le supermarché.

Antoine hoche péniblement la tête. Ça fait un mal de chien, mais il est d'accord avec son Supérieur. On veut le faire chanter. L'ennui c'est qu'il ne voit vraiment pas pourquoi une bande d'aigrefins, spécialistes du pain de fesses et du désapage en public, tenterait de coincer un pauvre moine tourier sans histoire.

– Pourquoi ? demande le Père Gilles.

– Oui, pourquoi ? marmonne le moine en contrition.

– Il doit bien y avoir une raison.

– Ça, c'est sûr, approuve Frère Antoine en prenant à nouveau le risque de s'ébranler le crâne et son contenu.

– Vous ne me cachez rien, mon fils ? Vous n'auriez pas omis de me confesser un petit détail ?

– Non, mon Père. Vous savez tout. Si je vous avais menti, je l'aurais également confessé... Le mensonge, surtout dans ces conditions, est un péché mortel et...

– Arrêtez de prendre ce ton ! On dirait un gamin au catéchisme... Vous feriez mieux de penser à ce que vous allez dire aux gendarmes.

Et ils se taisent.

Un grand silence s'abat sur la chapelle. Silence trompeur s'il en est, car, s'il était possible d'entendre le fracas électrique de deux cerveaux en pleine ébullition, le vacarme produit aurait fait trembler les vieilles pierres.

Il n'est pas loin de midi. L'heure où le soleil, en cette période automnale, fait une paisible entrée dans les lieux saints par un des vitraux, fabriqués il y a une quarantaine d'années par un admirateur de Cocteau et du Corbusier réunis. Et un rayon, typiquement claudélien, traverse les figures géométriques vertes et jaunes pour s'en venir éclairer, célébrer et magnifier la chasse dorée qui contient et protège les reliques de Saint-Tugdual.

Les deux religieux, qui, pour y chercher la lumière de l'inspiration, contemplaient le joyau, sont soudain saisis de la même frénésie intuitive, une sorte d'euréka subit qui les fait s'exclamer ensemble :

– Ils veulent tirer la châsse !

Et puis ils se regardent, souriants d'avoir partiellement résolu l'énigme, mais épouvantés par l'importance de l'affaire.

– Il n'y a pas d'autre solution !

– C'est l'unique objet de valeur que nous possédons.

– Ça doit être ça !

– Ça alors !

– C'est quand même incroyable !

– Tout est possible !

– On croit rêver !

Et autres banalités discursives qui, sans être de la moindre utilité sur la nature même du problème, permettent de parler quand on n'a plus rien à dire.

– À moins que… marmonne très sérieusement Frère Antoine qui vient de s'apercevoir que son mal de crâne s'est évaporé aussi vite qu'une brume de chaleur en Centre Bretagne.

– Je vous écoute, mon fils…

– Mon Père… Accordez-moi votre pardon, votre confiance et votre bénédiction…

– Tout ça en même temps ?

– Oui, mon Père. Je sais que c'est beaucoup, mais, en échange, les pilleurs de temple, je m'en occupe.

– En êtes-vous sûr, mon fils ? Il s'agit là d'une aventure nécessitant une force spirituelle en acier trempé. Quant au reste...

– Pour le spirituel, votre bénédiction y pourvoira, mon Père. Pour ce qui est du reste, ne vous inquiétez pas. Il me reste précisément quelques restes...

Un vague sourire aux lèvres, le Père Gilles contemple son moine tourier. Peut-être voit-il en lui un futur Saint-Michel, un autre Saint-Georges ou un nouveau Perceval, bref un de ces preux qui se sont toujours dressés sur la route du dragon et se le sont coltiné sans hésitation ni murmure pour en faire des chicken wings.

– Je vous trouve bien mystérieux, mon cher Antoine, fait-il en dessinant un vaste signe de croix. Néanmoins, allez en paix, mon Fils. Et n'oubliez pas votre convocation à la Gendarmerie.

– Asseyez-vous.

Frère Antoine obtempère en souriant. Il sait où il est. Ici, pas de précautions oratoires ni d'onctuosités verbales. Ici, il n'y a pas de frère, ni de sœur, ni de père, ni de fils. La tactique du gendarme consiste plutôt à vous persuader que vous êtes désormais orphelin. Les gens qui s'assoient sur la chaise, face au bureau du Pandore Chef, ne sont plus des humains baignés par la grâce et le pardon divin, mais des suspects ou des contrevenants écrasés par la menace des sanctions temporelles.

Le Capitaine Alphonse Gaboux fixe Frère Antoine du regard d'airain de l'autorité et referme son dossier avec un geste théâtral. Le con, pense frère Antoine, encore un qui fait du Courteline sans le savoir.

– Que les choses soient claires, mon révérend, fait-il après s'être dûment raclé la gorge.

– Je ne suis pas révérend, mon Commandant.

– Et moi, je ne suis pas commandant, mais Capitaine et...

– Excusez-moi, mon capitaine... De toute façon, c'est une erreur qui sera sûrement très vite corrigée.

– Quelle erreur ? Où y-a-t'il une erreur ? demande Alphonse Gaboux dont l'œil se teinte soudain d'inquiétude.

– Mais celle qui vous prive d'un galon mérité, pardi !

– Oh, vous savez, le mérite, de nos jours... bredouille le pandore en rougissant.

– Dieu, Lui, ne se trompe pas et si vous finissez capitaine, Il vous fera général dans Son Royaume. Soyez-en sûr.

L'évocation des étoiles est une chose à laquelle peu d'officiers résistent et, l'espace d'un instant, le regard d'airain de l'autorité se trouble d'un zeste de rêverie.

– Le ciel vous entende, mon père... Bon, où en étais-je ? Ah oui. Je disais que vous êtes Antoine Casagrande, dit Albert le Stéphanois, dit aussi « L'Empereur », mystérieusement disparu depuis huit ans, depuis votre sortie de la Centrale de Moulins où vous veniez de purger une peine de sept ans, pour divers cambriolages, tous de haut vol, il faut bien le reconnaître. Peine bénigne en regard de vos méfaits, mais que vous devez à l'indulgence du tribunal qui a considéré que vous n'aviez jamais usé de violence. Il n'empêche que vous avez eu, pendant quelque temps, l'insigne honneur d'être déclaré ennemi public N°3.

– Ma modestie s'en est toujours contenté, sourit Frère Antoine. Ceci dit, félicitations... Vous êtes drôlement bien renseigné...

– La Gendarmerie se fait un devoir d'être toujours à la pointe du progrès. Ce n'est pas le cas de tous les organes de justice, soit dit en passant.

Ça y est, il se met à baver sur la police, se dit Antoine avec un soupçon de nostalgie. Rien n'a changé... Si je le titille un peu, je vais avoir droit à la guerre des services.

– Le Milieu vous croit rangé des voitures, reprit l'Alphonse. La police aussi, d'ailleurs.

– C'est exact. J'adore cette expression, d'ailleurs. Rangé des voitures... On dirait un slogan de marchand de parking. Inutile de fouiller, mon capitaine, je ne fais pas non plus dans l'occase ou les pièces détachées. J'ai trouvé mon chemin de Damas. Ma voie est maintenant celle du Seigneur.

– Ben voyons...

31

– Alors là, chapeau, s'esclaffe Gégé. Je m'incline, je n'avais pas vu venir le coup. Comme quoi la religion c'est mieux que la thalasso, ça dissimule vraiment la mauvaise graisse.

– Ça ne devrait pas vous étonner tant que ça. Ce n'est jamais qu'un vague relookage de l'histoire du bon et du mauvais larron.

– Pas tout à fait. Votre Antoine n'a pas attendu d'être crucifié pour se convertir. En admettant qu'il l'ait fait sincèrement, bien sûr.

– Ça, c'est vous qui savez. Moi, je me contente des apparences.

– Alors, soyez rassuré. Je peux vous garantir que je n'ai pas fait de Mado une ex-sainte.

– Ouais, mais je vous connais comme si vous m'aviez fait. Qu'est-ce qui me dit que vous n'êtes pas en train d'en faire une future ?

Ils rigolent. Ils sont bien. Le dos reposant sur les dossiers de leurs chaises, repus, rubiconds, comme deux grands pères alsaciens, un dimanche après-midi, au fond d'une Weinstübe.

– En tout cas, ça devient rudement passionnant.

– On peut même dire que ça se complique velu.

– Ça va nous obliger à manger là ce soir...

– On verra. Mais rien ne nous empêche de nous enquérir du menu du soir.

Et, dans un bel ensemble, ils appellent Jean-Claude.

Qui, d'un clin d'œil, rameute son patron.

– Faites chauffer les plaques, ils remettent ça.

32

Alphonse Gaboux sort un paquet de blondes. Il en propose une à Antoine qui refuse. Il allume la sienne en prenant tout son temps. C'est plus du Courteline, c'est du mauvais Delon. Il tire la première bouffée en se gonflant comme les crapauds qu'Antoine et ses copains faisaient cruellement fumer quand ils étaient gosses. Seulement, lui, il n'explose pas. Il fait son malin. Son négociateur. Son professeur. Son super-flic.

– Ecoutez-moi, monsieur Casagrande, et ne m'interrompez pas. D'abord, je ne crois pas beaucoup à cette histoire de viol, et cela pour plusieurs raisons. Premièrement, la personnalité de la plaignante ne rend pas la plainte très, comment dire, très claire. Ni très claire ni très crédible... Vous me comprenez aisément. Ensuite, votre dossier l'indique, vous n'êtes pas un délinquant sexuel, un pointeur de base, à moins que l'abstinence monacale ne vous ait rendu plus, comment dire, fragile sur le plan de, comment dire, l'impulsivité sexuelle... Ce que je ne crois pas. Votre Supérieur me l'a confirmé. Cela dit, dans une ville et région, comment dire, assez conservatrice, toute cette histoire va faire du barouf, si vous voulez bien me pardonner, comment dire, cette familiarité militaire.

– Si vous voulez dire que je n'ai jamais, comment dire… violé personne, vous avez bien sûr, comment dire, raison.

– Mais alors ? Ces photos ?

– C'est très simple. Ils m'ont saoulé à mort avant de tout mettre en scène.

– Pardonnez-moi, mais pour vous saouler à mort il a quand même fallu que vous y mettiez, comment dire, du vôtre.

– Certes... C'est, comment dire, une longue histoire. Puisque vous semblez disposé à me faire confiance, j'aimerais autant vous la raconter plus tard.

– Je veux bien, mais dites-moi au moins ce que vous faisiez dans cette boîte de nuit ?

– J'exerçais mon sacerdoce, mon Capitaine. Je tentais de sauver une âme, celle, justement, de Madeleine, qui est en danger. D'autant plus en danger que son enveloppe charnelle, elle, risque fort d'aller exercer ses talents du côté des boulevards périphériques de la capitale.

– Allons bon.

Ils se regardent, s'observent, se jaugent. Le Gendarme est assez content et, ma foi, assez impressionné de discuter avec un des anciens rois de la cambriole, l'empereur des monte-en-l'air, celui qui faisait céder d'un simple regard la plus coriace des serrures. Une gloire, une légende... Il sent qu'il frôle le gros coup, qu'il est là, pas loin, tout près même, assis devant lui. L'affaire en béton, le truc qui pourrait le faire nommer enfin du côté de Biarritz où, peinardos, il terminerait sa carrière en regardant ces cons de surfers se battre avec l'océan en furie. Antoine, lui, sent que le képi est prêt à des concessions, mais jusqu'où ? Rien de plus fragile qu'une idée de gendarme, il le sait. Il faut y aller tout doux, avec le même doigté qu'il mettait à ouvrir une serrure Fichet quatre points.

– Je suis sûr que cette embrouille concerne mon passé, avance-t-il prudemment.

– C'est probable...

– Bien raisonné, mon capitaine. Il faudrait que j'aille y regarder de plus près. L'ennui, c'est que j'ai perdu tout contact avec mon ancien monde… J'aurais, pour cela, besoin d'un peu de temps.

– Trois jours pas plus. Après, je lance la cavalerie.

33

La nuit est dense. Noir sur noir. Un peu comme si de l'encre de seiche s'était répandue partout, troublant l'obscure canopée des taillis et transformant ce monde de taillis et de chemin creux en un de ces gouffres insondables où la luminosité de la Raison Républicaine se fond et disparaît au profit des derniers tenants de l'obscurantisme, hobereaux arriérés, chouans irréductibles et sombres curés rêvant au retour des bûchers et des autodafés.

Pourtant, l'ombre furtive qui glisse le long des haies n'est ni un réactionnaire des temps anciens, ni un adorateur fanatique du cœur sanglant de Jésus. Ce n'est que Frère Antoine en tenue de combat nocturne. On aurait tort de croire qu'il a jeté sa robe de bure aux orties. Non, pour l'occasion, il l'a pliée très soigneusement avant de la ranger dans le placard en bois blanc qui, avec sa paillasse, constitue le seul mobilier de sa cellule.

En véritable nyctalope, il franchit lestement le

dernier talus et, sans se casser la gueule, atterrit dans le seul champ qui le sépare encore d'une des portes de l'Enfer. À l'autre bout, clignote, comme un phare maléfique, la lamentable enseigne du Paradiso, cette lueur maudite qui attire comme des mouches tous les gogos locaux, sans parler de ceux qui rappliquent de contrées aussi lointaines que Pontivy, Morlaix ou Guingamp.

Traversant le champ moissonné de près, contournant souplement les roundballers posés un peu partout sur le chaume comme d'énormes roubignolles de cyclopes, Antoine parvient jusqu'aux communs de la boîte de nuit, appentis branlant où sont rangés, empilés, entassés, les canettes vides, les casiers à bouteilles et les fûts d'aluminium de 1664, bref, les ruines encore fumantes de la bataille de Kronenbourg.

Le régime monacal ne favorisant pas plus l'excès de cholestérol que la mauvaise graisse ou le pneu abdominal, Antoine est resté leste et agile. Il grimpe comme un chat de gouttière sur un premier toit, saute sur un deuxième, brise d'un coup de coude le verre d'un vasistas, passe à travers, se reçoit sans bruit dans un des couloirs de l'étage interdit à la clientèle, celui des loges d'artistes et du bureau de la direction, et se retrouve nez à nez avec le type énorme qu'il avait déjà entr'aperçu à sa dernière visite et dont il reconnaît instantanément le beau faciès d'intellectuel.

Sans laisser aux neurones du gorille le temps d'imprimer les mots : intrus, danger, cogner, Antoine le séche d'un atémi au plexus, technique apprise dans la salle de gym de la Centrale de Moulins, et recueille le monstre dans ses bras avant que la chute de sa carcasse n'ébranle l'établissement tout entier. Il le traîne jusqu'à une sorte de placard servant de lingerie, l'attache et le baillonne avec des serviettes sales et des nappes plus que douteuses. « Te v'là baillonné comme un jambon », murmure-t-il avec un petit rire.

Il se glisse ensuite jusqu'au fond du couloir et tend l'oreille aux bruits de la salle : musique country, petites détonations des pétards et, surtout, ce silence épais qu'elle seule sait générer, aucun doute, c'est Mado qui est en scène. La fréquence des déflagrations indique même qu'elle n'a plus grand chose sur le dos et qu'elle ne va pas tarder à remonter dans sa loge.

Antoine se calfeutre dans la petite pièce bourrée de vêtements, d'accessoires divers et de peluches mitées, rafle au passage une bouteille posée sur un guéridon, la renifle et, même après quinze ans d'abstinence, reconnaît l'odeur un peu suave de la tequila. Il s'en envoie une bonne lampée et c'est tout à coup le Popocatépetl qui lui inonde le gosier avec guitares, castagnettes et mariachis en tenue de gala soufflant à pleins poumons dans leurs trompettes sur l'air d'El Deguelo… « Putain, c'est divin, ronronne Antoine, le petit Jésus en culotte de velours… »

– Vous parlez d'une expression à la con, râle Gégé. D'abord Mon Fils n'a jamais porté de culotte de velours, ensuite son ingestion par les hommes est un sacrement, un symbole... Pas une façon de prendre son pied, merde !

Lulu rigole sous cape. Il adore voir son vieux partenaire perdre ses nerfs. Ça change un peu de la posture hiératique et passablement hypocrite dans laquelle le fige toute la littérature sacrée.

– Surveillez votre langage, mon vieux... C'est de votre faute, après tout. Quand le Verbe se fait chair, on peut s'attendre à tout...

– Ta gueule !

Antoine est encore tout étourdi par les charmes des cactées mexicaines quand la porte s'ouvre à la volée et que Mado, aussi nue et dodue qu'un lombric, entre comme une fusée dans sa loge. Sans même prendre le temps de fermer les yeux, il se jette sur elle en lui collant sa main sur la bouche. La main est assez vaste pour que les hurlements de surprise et d'effroi de cette petite bouche se perdent en une succession de chatouillis mouillés qui se propagent bien au delà de la paume d'Antoine. Petit à petit, il desserre son étreinte et, le doigt sur sa bouche à lui, lui fait comprendre qu'il vaudrait mieux s'abstenir de toute manifestation sonore. Elle saisit parfaitement le message et, les yeux tout embués de larmes, se blottit contre son moine, fourre sa tête dans son cou avant d'éclater en sanglots qui, pour être silencieux, n'en secouent pas moins son corps de frissons spasmodiques. Antoine est obligé de constater que les femmes c'est comme le vélo et la tequila, ça ne s'oublie pas. Il voudrait bien l'éloigner de lui, au moins le temps de dégotter un truc pour la couvrir, mais on ne détache pas de soi une femme qui sanglote, surtout quand on a plutôt intérêt à ne pas se faire remarquer. Alors, timidement, il se met à lui tapoter les omoplates. C'est bien, les omoplates. C'est décent, c'est comme ça qu'on console un copain, un frangin, mais pour une femme, c'est nul. D'ailleurs, ça ne fait pas le moindre effet à Mado.

N'écoutant que son courage, Frère Antoine laisse glisser sa main plus bas, dans le creux des reins, là où la peau est aussi veloutée qu'un potage à la tomate.

34

– Ben v'là autre chose, gémit Lulu. Elle est amoureuse, maintenant. Un ancien truand qui pourrait être son père et moine, de surcroît. Vraiment, il y en a qui n'ont jamais entendu parler de Charybde et Scylla…

– Peut-être, mais c'est beau… L'amour, toujours l'amour… N'oublions pas que Dieu n'est qu'amour…

– Sans blague ? Pourquoi croyez-vous que je déteste ça ? C'est comme si on me forçait à croquer des chocolats à la pommade de coiffeur…

– Chut ! Intéressez-vous plutôt au jeu, pérore Gégé. Rien ne vous dit qu'il va tomber amoureux d'elle.

– Ouais… Ben si elle continue à se frotter comme ça, il ne va pas tarder à confondre sacerdoce et ça sert d'os.

35

Antoine reprend ses esprits. Difficilement, certes, mais résolument. Il repousse Mado, l'entortille dans un vieux rideau de scène et rive ses yeux aux siens comme s'il voulait lui scruter la cervelle. Si elle avait eu toutes les cartes en mains, la pauvre Mado aurait pu, sans peine, lire dans ce regard bien autre chose que les chastes résolutions d'un pauvre frère trappiste en proie à la tentation. Elle aurait eu une chance d'y apercevoir la froide détermination et la férocité contenue d'Antoine Casagrande, dit Albert le Stéphanois, dit l'Empereur. Mais Mado ne sait rien du passé de ce gentil moine qu'elle mène depuis le début à l'abattoir dans le seul but de s'éviter l'abattage. En fait, et comme elle est beaucoup moins idiote qu'elle joue à l'être, elle commence à discerner dans ses yeux la fureur d'un pauvre religieux innocent venu lui demander des comptes et, en particulier, le pourquoi du comment il s'était retrouvé sur des photos plus faites pour les demi-sels que pour les missels.

Prenant les devants, implorante, le visage baigné de larmes, véritable piétà en rideau de velours, elle agrippe le col du blouson de Frère Antoine.

– Je vous jure, mon Frère, ils m'ont forcée… Depuis le début ils m'ont forcée. Ils me tiennent… Vous savez bien qu'ils me tiennent et vous savez aussi comment… Je suis seule au monde, toute seule. Mon père est mort quand j'avais…

– Ça va. Commence par la fin. On gagnera du temps.

Le changement de ton est beaucoup plus efficace que les tapotements au creux des reins. Elle se mouche un bon coup dans le rideau et met un sérieux bémol à ses sanglots.

– Tout ce que je sais c'est qu'ils se servent de moi pour vous manipuler. Je crois qu'ils veulent vous faire chanter, mais j'arrive pas à comprendre pourquoi. C'est donnant-donnant. Si vous acceptez ce qu'ils vous demandent, je retire ma plainte. Sinon… Le pire, c'est que j'ai vraiment été élevée dans la religion… Je sais faire la différence entre un péché mortel et un sacrilège… Pardonnez-moi, mon frère, je vous en supplie… Pardonnez-moi ou je serai damnée pour l'éternité.

– Je te crois, pauvre pécheresse, je te crois, je te pardonne et je t'absous. Comme pénitence, je te demande de m'aider à me sortir de ce merdier, mais, avant, va falloir que je t'explique quelques petits trucs. Débrouille-toi pour passer au monastère avant mardi. Ça peut se faire ?

– Sans problème. J'ai rendez-vous chez le dentiste lundi après-midi.

– Parfait. En attendant, rends-moi un service. Hurle un bon coup.

– Mais... Euh... Quel genre de hurlement ?

– Je ne sais pas, moi, comme si je m'apprêtais à te violer.

Mado rougit et Antoine se demande pourquoi diable il est allé chercher cet exemple.

– Vous, mon frère ? minaude Mado. Mais qui vous dit que je hurlerai si...

Avec un profond soupir, Antoine pince violemment le téton droit de la jeune femme qui pousse aussitôt un hurlement strident.

– Qu'est ce que je vous disais ? sourit Gégé. Il est plutôt bon, non ? Pour une fois, je suis assez fier de ma créature.

– Mouais... Attendons la suite.

– En tout cas, il résiste là où la plupart aurait succombé.

– Il résiste, mais il la tutoie.

– Ça ne veut rien dire.

– On parie ?

La porte de la loge s'ouvre, une fois de plus, à la volée, mais, ce coup-ci, c'est sur Dominique flanqué d'un spécimen d'hominidé qu'on aurait pu prendre pour le jumeau de Cro-Magnon si la nature n'avait poussé la fantaisie jusqu'à lui greffer une tête de pit-bull sur les épaules. Ils se ruent dans la pièce d'un seul mouvement ce qui, vu la largeur de la porte et celle de leurs épaules, leur interdit d'aller plus loin que le seuil.

– Qu'est ce que tu fous dans ce rideau, connasse ? gueule Dominique.

– On dirait bien qu'elle s'est coincé le téton, patron, rigole le singe avec des accents de concasseuse à gravats.

– Tire-toi du milieu, débile. Tu vois bien qu'on est trop large pour la porte.

– Ça, ça m'étonnerait. J'y passe bien tous les jours, moi...

Et, d'un coup d'épaule, il fait éclater le chambranle et la manche de son costard, tout en expédiant Dominique, tête la première, dans les bras d'Antoine.

– Putain ! Mon costard, braille le singe.

Dominique, lui, a juste le temps d'ouvrir la bouche avant qu'Antoine ne lui place, d'un mouvement d'autant plus élégant et précis qu'il était depuis longtemps retenu, un coup de boule entre les deux yeux.

Entre son costard ruiné, le pif éclaté de son patron et ce type qui sort d'on ne sait où, Cro-Magnon a un peu de mal à suivre. Dans le doute, il fonce sur Antoine qui l'esquive d'une passe de torero.

– Du calme, mon gros, fait-il en levant les mains. Je me rends…

– T'es mort, connard. J'vais t'écraser comme une galette à l'andouille.

– O.K., mais avant, tu devrais demander conseil aux autorités. Je suis pas sûr qu'elles apprécient tes initiatives.

– Contente-toi de l'immobiliser, Bax, fait la voix enrhumée de Dominique.

L'air un tantinet déçu, Max chope Antoine par le colback et le coince d'une magnifique clef au bras.

– C'est bon. Tiens-le cobbe ça.

Dominique se relève, constate d'un geste machinal que sa gomina est toujours en place et tâte son nez d'un doigt prudent.

– Faut bien reconnaître que ça te change le profil, rigole Antoine. Aquilin n'est plus vraiment le terme qui convient. Essaye plutôt de trouver un qualificatif à aubergine.

Antoine a beau avoir vu venir le coup, s'être vidé de tout son souffle avant de bander ses abdos au maximum, le crochet de Dominique lui coupe l'arrivée d'air pour un bout de temps. Il aimerait bien se plier en deux, mais c'est à peine si la prise de Max lui permet de poser les pieds par terre.

– Ça va sans doute t'étonner, fleur de bénitier, fait Dominique en doublant la mise, bais tu tombes bien. La gueule du loup, la bain dans le sac, c'est cobbe tu veux. De toute façon, tant bieux. Autant battre le fer quand il est chaud. Bax, ebbène-le dans le bureau de bonsieur Kouzba.

Le primate au costard traîne Antoine hors de la loge. Dans le couloir, ils croisent le costaud que le moine avait aligné dix minutes auparavant. Avec ses bras encore entortillés de serviettes il a l'air d'un des Stooge dans le rôle de la momie.

– Y'a un truc qui m'échappe, M'sieur Dominique.

Sans un mot, l'hidalgo le gifle d'une volée de revers. Le salaire du nul.

– O.K, M'sieur Dominique. Ça, je le comprends. J'suis quand même pas idiot… Non, c'est ce truc qu'il m'a dit avant de me fourrer une serviette dans la bouche. « Te vl'à baillonné comme un jambon ». Ça colle pas… C'est ficelé comme un saucisson qu'il aurait dû dire. Antoine se marre en douce et le paye aussitôt d'une douleur fulgurante. Il tient à peine sur ses jambes et c'est comme un sac de noix qu'ils lui font dévaler un escalier bizarrement peint en rouge. Exactement la couleur d'un procureur siégeant aux assises, se dit Antoine, aussi rouge et largement aussi raide.

– Regardez-moi un peu ce qu'on a ramassé dans la loge de Mado, fait Dominique en propulsant

Antoine dans une pièce que ce dernier identifie tout de suite comme l'arène de son fameux tournoi de picoldames.

– Tiens, tiens... fait une voix qui semble dégringoler du plafond.

– C'est quoi, ce bordel ? bredouille Antoine en levant les yeux vers la voix, découvrant un humanoïde encore plus grand et gros que tous les autres. Un gang de poupées russes...?

Le type se contente de rigoler doucement. Peint en vert, il aurait fait fureur chez les marchands de maïs. Au naturel, il a juste l'air d'un Tarass Boulba king size surgi des cauchemars d'un moujik juif bourré de champignons mexicains. Avec un peu de recul, Antoine finit par le reconnaître. C'est bien l'apparition qui planait comme un accès de delirium au-dessus du damier, celui qu'il avait baptisé Tarass Boulba, ou Gengis Khan, ou Tamerlan, il ne sait plus. Maintenant, il a un nom, Kouzma, sans doute faux, et il rigole avec la franche gaieté d'Ivan le Terrible matant une longue enfilade d'empalés de frais.

Mais ce n'est pas le pire. Derrière lui, Frère Antoine effondré jusqu'à l'os, repère surtout, posée sur la table du fond, éclairée par un projecteur, resplendissante de dorure jusqu'à en dégouliner, la châsse de Saint-Tugdual.

36

Saint-Tugdual, ou ce qu'il en reste, coincé à perpète dans sa boîte ouvragée, veille de toute sa resplendissante, quoique légèrement poussiéreuse, autorité sur la chapelle du monastère. Les moines ont tous été envoyés à leurs tâches domestiques ou spirituelles et, après avoir fermé la porte à double tour, dans la pénombre du lieu saint, agenouillés face à face, le Supérieur, Père Gilles, et son inférieur de fils, frère Antoine, semblent prier.

– Ça ne vous fait rien si je change un peu de position? demande Antoine avec une grimace de douleur.

– Faites, mon fils. Faites, mais dépêchez-vous. Vous en étiez au moment où vous drapiez la pudeur de cette pauvre enfant dans un drap blanc…

– Un rideau de scène rouge, précise Antoine en s'allongeant sur un banc. Ensuite, je me suis débrouillé pour que Mado hurle assez fort afin que les autres rappliquent à toute allure. C'est bien sûr ce qu'ils ont fait et…

– Très ingénieux, mon fils. Ingénieux et courageux... Et comment vous y êtes vous pris ?

– Je lui ai... Excusez-moi, mon père, mais je préfère réserver cet épisode pour le silence sacré du confessionnal.

– Vous ne l'avez pas molestée, au moins ?

– Écoutez, mon père, fait Antoine d'un ton où l'on sent percer une légère exaspération. Je vous rappelle que vous m'aviez donné carte blanche et que j'étais vêtu en laïc. Alors, pour nous résumer, disons que j'ai fait hurler Mado, que j'ai transformé le nez de Dominique en aubergine et que je me suis pris deux crochets au foie avant de me faire trimballer comme un sac de patate dans un escalier rouge vif et de me retrouver en présence du monstre qui sert de chef à ces suppôts du Démon.

– Suppôt, suppôt, tu parles d'une expression, grommelle Lulu. À croire que je les coince en Enfer pour le seul plaisir de me les introduire tous dans le...

– J'ai compris, le coupe Gégé, ça va.

– Et alors ?

– Alors j'ai failli m'évanouir en découvrant qu'ils avaient déjà piqué la châsse de Saint-Tugdual.

– Une réplique, rigole le Père Gilles. Une simple réplique... Comment avez-vous pu vous laisser abuser par un faux grossier, mon fils ?

– J'aurais voulu vous y voir, ronchonne Antoine. Vous avez déjà essayé d'expertiser un objet sacré dans l'arrière-salle d'un bordel avec un foie si enflé qu'on peut presque l'entendre gratter pour sortir ?

– Jamais. Je vous le concède.

– En plus, le faux n'est pas si grossier que ça. Je vous garantis qu'on pourrait l'installer dans cette chapelle pendant des siècles sans que personne ne s'en aperçoive.

– Et ils exigent que vous remplaciez la vraie par la fausse. En contrepartie, ils retireront cette absurde plainte pour viol.

Frère Antoine se contente de hocher la tête en grimaçant. Incapable de rester allongé plus longtemps, il se lève et va s'adosser à un des piliers de la chapelle.

– Je croyais que c'était le foie ?

– C'est le foie quand je suis debout. Dès que je m'allonge, c'est le méchant coup de latte dans le dos qui m'a expédié vers la sortie.

Le Père Gilles à l'air de compatir. Il regarde longuement son frère tourier comme s'il cherchait un moyen de soulager ses souffrances.

– C'est vraiment très con, leur truc, finit-il par marmonner. Cette châsse n'a pas de prix. Pas plus en euros, qu'en dollars ou qu'en images pieuses bénies par notre Très Saint Père.

– Ils s'en foutent. Ils l'ont déjà vendue à un texan richissime qui s'est brusquement rendu compte qu'il avait enfermé Dieu dans son coffre fort. En Amérique, ils appellent ça un christian reborn. Bref, le type a retrouvé Dieu au milieu de ses liasses de dollars, s'est souvenu que ses ancêtres vivaient à Saint-Tugdual avant l'invention de la guillotine et que les restes du Saint Homme étaient conservés chez nous, dans une châsse probablement ciselée par un élève du grand Ghiberti, orfèvre-sculpteur célèbre notamment pour les bas-reliefs du baptistère de Florence. Il a fait fabriquer à Taïwan une copie exacte en plaqué or et a engagé un truand Russe pour récupérer la vraie.

– Ça se tient, murmure le Père Gilles.

– Un peu que ça tient… Ils disent que c'est du si beau boulot que seul l'Oncle Picsou pourrait s'apercevoir que ce n'est pas du massif.

– Comme quoi le plaqué, c'est bien suffisant pour ces cons de moines...

– Ils ne l'ont pas vraiment dit comme ça, mais le sens y était...

– Bon.

Le Supérieur réfléchit. Ça se voit à ses yeux fermés, plissés par la concentration, et à son vaste front dont les rides s'agitent aussi harmonieusement que les plis d'un accordéon sur la poitrine d'Yvette Horner. Frère Antoine se dit qu'il suffirait que la température de la chapelle baisse de quelques degrés pour qu'on voit de la buée s'échapper de la capuche du Supérieur.

– Mon Fils, tu vas m'écouter attentivement. Ça veut dire cesser un peu de sauter de bancs en piliers comme si on jouait à chat perché et, surtout, ça veut dire de la fermer.

Frère Antoine, impressionné par ce changement de ton, s'assied sur son hématome pendant que le Père Gilles soupire comme s'il prenait son élan.

– Un : si tu crois, mon enfant, que je ne sais pas ce que tu étais avant, tu te mets le doigt dans l'œil jusqu'à la chasuble. Mais j'ai toujours pensé que les détenus ne sont pas loin du dénuement monacal. Cellule pour cellule, les ex-taulards s'habituent plus vite aux dures conditions de l'Abbaye. Je savais qui tu étais, mais je n'ai jamais douté de ton vrai désir de te retirer du monde et d'expier tes fautes. Deux : je crois néanmoins que malgré ta bonne volonté, la vie laïque l'emportera un jour sur les beautés de la retraite contemplative...

– Mais, mon Père...

– Tais-toi !... Trois : dans tout ce bordel, y a peut-être un peu de pognon à se faire...

Là, pour le coup, Frère Antoine est scié. Au moins autant que le jour où les flics lui avaient appris qu'Ange Pianolini, son fourgue depuis vingt ans, celui qui chantait sans arrêt les louanges des soirs d'été de son village de Piana di Luri et qui se proclamait plus corse qu'un saucisson d'âne, s'appelait en fait Marcel Bouclard, né à Fécamp, normand depuis quatre générations.

Le Père Gilles rigole sous capuche en voyant son ouaille aussi désemparée qu'un supporter de l'AS Saint-Étienne.

– Ben, pour l'ex-Ennemi Public numéro deux ou trois, je ne sais plus, tu m'as l'air aussi vif qu'un dindon label rouge. Vraiment, Antoine, pour qui prends-tu les moines ? Pour des débiles confits en dévotion ? Des crétins angéliques aussi coupés des réalités extérieures qu'un lecteur de quotidien gratuit ? Après avoir vécu la révolution, la déchristianisation, la mairie communiste de Carhaix et tous les concordats, tu crois qu'ils font vœux de pauvreté et de dignité en se contentant de poser leur cul sur des trésors immémoriaux, tout en priant que ça s'arrange un peu partout question malheurs du pauvre Monde ?

– Vous voulez dire que... balbutie Antoine, les yeux tournés vers la châsse, qu'un léger rayon de soleil vient d'allumer comme une fête foraine.

– Mais pauvre nouille, la vraie châsse et les divins abattis de Saint-Tugdual, ça fait un bail qu'ils sont au frais dans les caves du Vatican, comme disait l'autre... Et que le joyau sacré qui resplendit devant tes yeux hagards est une magnifique copie exécutée par deux bijoutiers de Brest entrés en contrition et dans les ordres à la fin du dix-huitième... et qui vaut que dalle, même au vide-grenier de Pentecôte à Guémémé-sur-Scorff.

Antoine a beau être sur le cul, il en oublie presque ses douleurs. Il se dit qu'avant de créer le monde, Dieu avait sûrement fait un stage dans un magasin de farces et attrapes et que ça valait quand même le coup d'avoir vécu jusque-là. Et il se tait. L'air idiot mais le cerveau tournant à plein régime, il laisse le Père Gilles savourer son triomphe.

– Faut vraiment être un texan mou du bulbe, un benêt de presbytérien recarrossé en machin reborn qui plus est, pour tomber dans une telle arnaque et acheter une fortune des os de poulet conservés dans une boîte Banania. Une arnaque montée de surcroît par des russes... Probablement d'anciens stals convertis en Capitalist Reborn… Je rêve... Deux nations de têtes de veaux s'affrontant pour le contrôle de la sauce gribiche, c'était ça leur fameuse Guerre Froide… Ah, le Mur de Berlin a bien fait de tomber, comme ça les choses sont claires. Qui se ressemble s'accouple, pour la plus grande gloire du commerce international et de la têtedeveaucratie…

37

Lulu finit rageusement son verre.

– Le Vatican, le Vatican... Dire que rien que la vente du plafond de la Sixtine pourrait nourrir le Tiers-Monde pendant dix ans...

– C'est ça... Et avec l'argent de l'Empire du Mal, la drogue, le jeu, les armes, tout ça, on pourrait aussi fournir le fois gras et le champagne.

– Eh ! Faut pas confondre. Je ne fais pas dans le business de la charité, moi !

– Moi non plus. Je me suis contenté de fournir le terrain de jeu et de proposer modestement quelques règles de bon sens. *Video meliora, deteriora sequor*, comme disait Saint-Paul.

– Ouais. Et « Aux chiottes, l'arbitre », c'est de qui déjà ?

– Sûrement de l'un de vos supporters, mon bon ami.

Lulu esquisse un sourire. Faire fumer les Divines Oreilles est un des plaisirs dont il ne se lasse jamais.

– N'empêche que planquer ses trésors dans les sous-sols de la maison mère, ça fait quand même un peu mesquin.

– Je vous l'accorde bien volontiers. Je vais même vous faire une confidence.

– Ne me dites pas que vous êtes en train de monter un braquage du Vatican ?

– Non, mais plus l'éternité s'écoule et plus je deviens anticlérical.

– Pas moi. Vous ne pouvez pas savoir comme le noir des soutanes ressort bien sur le rouge des braises.

– C'est sans doute pour ça qu'ils sont tous si pressés de les troquer contre des costards-cravates, soupire Gégé.

Les deux joueurs se regardent et sourient. Ils n'ont pas perdu leur Dimanche. La partie tient ses promesses.

– Compliqué, mais passionnant, avoue Gégé.

– La chasse est ouverte, si j'ose dire.

– Vous pouvez. Mais va falloir faire gaffe à ne pas se mélanger les pinceaux. À partir de maintenant, il y en a une vraie, une vraie-fausse et une fausse-fausse.

– Comme les blondes.

38

Le Père Supérieur fixe son moine tourier avec les yeux perçants de Torquemada posant sa Question préférée.

– Alors ?

Antoine hausse les épaules.

– C'est jouable. Difficile, mais jouable.

– Dieu soit loué !

– Et me protège...

– Et vous protège, bien sûr, mon fils.

39

– Bon, faudrait pas quand même y passer l'éternité. Ça se traîne un peu et y a Bob qui m'attend.

Lulu est tout à coup un peu agité. Le repos dominical a passé vite, très vite, au moins aussi vite qu'une soirée au coin des flammes éternelles.

– Bob ? s'étonne Gégé.

– C'est un diminutif, sourit Lulu avec un petit sourire gêné. Pour Bobonne. Faut donner le change. Lilith est un peu, comment dire, voyante. Donc, il y a Bob. Pantoufles et blanquette de veau. J'ai copié sur Simenon.

– Pas mal, Simenon… Je devine toujours qui est le coupable bien avant Maigret mais c'est pas mal quand même. Il est vrai que quand on est omniscient, les romans policiers perdent assez vite de leur intérêt…

– Et moi donc… Je suis vite déçu. C'est un peu toujours pareil, manque d'imagination flagrant pour tout… Surtout pour les méchants. En tant que spécialiste, je les trouve souvent un peu mous.

– Ah, on n'a pas une vie facile, minaude Gégé. Mais vous avez raison. Je vais pisser et si vous en êtes d'accord, après, on va se faire une petite avance rapide…

– Pas de problème.

– Ce n'est pas tricher, hein ? On est bien d'accord ?

– Non, non, uniquement l'exaspération d'un légitime destin.

– Bien dit.

– Bon, vu comme ça se présente, on va sauter les scènes obligatoires. Antoine ne pouvant plus trop bouger pourrait envoyer le père Gilles rencontrer Mado en loucedé…

– Ouais, rigole Lulu, je vous vois venir. Avec le vieux, pas de risque. Alors que du côté de notre moine… ça commence à chauffer sous la soutane.

– Je vous en prie… Évitons d'être vulgaire.

– Si vous voulez. Et puis le Père Gilles pourrait aussi aller voir les gendarmes… Dans toute histoire, force reste à la loi.

– Si c'est vous qui le dites…

Gégé se lève, grimaçant.

– Mais auparavant, *opportet satisfare divinam prostatam...*

– Je vous en prie. Victor Hugo disait : « S'il est bon d'embrasser sa maîtresse, c'est meilleur de pisser quand ça presse ».

– Vous êtes sûr de ça ?

– À peu près.

40

Une lumière bleutée nimbe la grande salle du Paradiso. Il n'y a personne, pas de foule allumée, pas de comptoir pris d'assaut. Une petite musique d'ambiance genre supermarché s'échappe des haut-parleurs. La scène est vide et seule, une poursuite éclaire faiblement ces lieux d'où toute trace de débauche a maintenant disparu. Au bout d'un moment, des yeux enfin habitués à cette tranquille obscurité peuvent remarquer, dans un coin isolé du dancing, une table ronde sur laquelle est posée la fausse fausse châsse de Saint-Tugdual. Et, autour d'elle, tendus et silencieux, trois personnages, apparemment statufiés par une attente interminable. Un immense type, le stetson gigantesque vissé sur sa bonne tête de redneck, costume clair, chemise coveboi avec une tresse en guise de cravate, regarde droit devant lui. Ses grosses mains poilues d'étrangleur de veaux couvrent presque entièrement une valoche de cuir sagement posée sur ses genoux. En face de lui,

Kouzma, en gros pull de laine, laisse traîner sur ses lèvres épaisses un rictus aussi rassurant que l'issue d'un procès stalinien. Enfin, un peu à l'écart, Dominique, un pansement sur le nez, essaye vainement de calmer la danse de Saint-Guy qui fait trembler ses jambes.

Le Texan regarde nerveusement sa montre, un truc à peu près aussi discret qu'une horloge comtoise montée sur un cable d'acier.

– Il va vedir, il va vedir, c'est sûr, il va arriver… nasille le gominé, dans les affres. Est-ce que je peux vous offrir quelque chose ?

– Beurbonne, croasse l'amerlo.

Dominique fonce vers le bar à la vitesse d'un loufiat en CDD et revient avec un gros verre carré rempli d'un nectar brun et ambré.

– Et moi, je sens le bortch ? grince Kouzma du ton délicat d'une serrure de la Loubianka.

Dominique repart à fond de cale vers le comptoir. Le gros ukrainien se penche vers le gros texan. On dirait une négociation sur la prolifération des ogives nucléaires.

– Aloysius, je peux demander à une de mes artistes de meubler, si ça vous dit...

– *Why not... Could be fun.*

– Mado ! hurle Kouzma. Ramène ta fraise ! Fais-nous ton truc du Far West… Celui avec les flingues et les explosions !

Le visage apeuré de la jeune femme apparaît derrière le rideau.

– Maintenant ?

– Non ! Après-demain ! Allez bouge ton cul ! On se passera de la musique !

Mado entre timidement, vêtue de son déguisement dérisoire de cow-girl à la noix de Saint-Jacques. Dans un silence pesant, elle se met à se déhancher langoureusement et un premier pétard fait tomber sa jupe de daim.

Le Texan éclate de rire.

On entend alors, lointain mais précis, le claquement d'une portière.

Dominique se précipite vers la sortie, mais Kouzma l'arrête d'un mouvement péremptoire de son imposant avant-bras.

– Reste-là, toi, tu vas encore te faire taper sur le blair. Occupe-toi de John Wayne. Cire-lui les santiags s'il le demande, mais fais gaffe qu'il ne se cogne pas une attaque, c'est pas le moment.

Sur le parking désert du Paradiso, Antoine ouvre le coffre de la 4L, guettant du coin de l'œil l'imposante silhouette de Kouzma qui avance vers lui avec la grâce d'une machine agricole. Il retire la bâche recouvrant l'intégralité du coffre et fait apparaître l'objet de toutes les convoitises, le joyau mordoré, la châsse de Saint-Tugdual, la vraie-fausse, celle de l'Abbaye.

En attendant que le char russe parvienne jusqu'à lui, Antoine contemple la nature et se dit que ces arbres, ces magnifiques feuillus bruissant dans le vent de l'après-midi, ces hêtres et ces frênes, sont quand même les preuves évidentes de la puissance éclairée d'un Créateur. Son Existence réside en toute chose, c'est obligatoire, pense-t-il, moitié par conviction et moitié pour se rassurer. Pour ce qui est de la grosse Chevrolet vert clair qu'il vient aussi de repérer, il est moins sûr. Sans avoir jamais étudié la théologie, Antoine a toujours pris les Américains pour une sorte de farce divine, une expérience de labo visant à examiner le comportement d'un peuple sautant de la barbarie à la décadence sans passer par la civilisation. Mais, après tout, si Dieu a bien voulu tremper Ses Doigts dans le cambouis du modeste quatre cylindres de la 4L communautaire, pourquoi aurait-Il dédaigné le faire dans le huit cylindres en V d'un abruti de Texan ?

D'une bourrade vigoureuse, Kouzma pousse le moine sur le côté et, beaucoup plus respectueusement, prend la châsse dans ses bras. Pour la première fois, un vrai sourire de bonheur barre ses lèvres de koulak.

Plus bas, sur la route, un tracteur passe.

À l'instant où Antoine et Kouzma pénètrent dans Le Paradiso, Mado vient de faire sauter son soutien-gorge. Surpris en pleine extase, le Texan ne sait plus où poser son regard embué. D'un côté, un merveilleux paysage français, tout en vallonnements diaphanes et tétons escarpés et, de l'autre, dans les bras musculeux de l'ours des steppes, l'objet de tous ses désirs, la fin de sa formidable quête et de la modeste hémorragie de son compte en banque, son Graal... Mado a beau, dans un sursaut de fierté professionnelle, agiter sa nature généreuse, elle est immédiatement évacuée par la châsse. Les yeux du texan n'en ont plus maintenant que pour elle. Il s'approche, palpe les minuscules pilastres d'or, caresse les petits chapiteaux.

– *Gosh... I can't believe it... Marvelous... God bless you...*

Sans cesser de bredouiller une litanie de petites phrases en VONST, il pose sa valise sur la table, fait un respectueux signe de croix et, l'arrachant aux bras du Russe, s'empare de la châsse avec cette robuste ferveur qui est l'apanage des saints et des crétins.

Antoine a beaucoup de mal à réprimer le fou rire qui lui monte des tripes pendant qu'il observe la scène. Jolie métaphore, se dit-il, que ce bout de ferraille déguisé en trésor passant brutalement d'Est en Ouest par-dessus les ruines encore fumantes d'un rideau de fer longtemps déguisé en trésor.

Sans un regard en arrière, le Texan sort du Paradiso, tenant, serrée contre lui, l'œuvre d'art qu'il s'apprête à astiquer une fois par semaine dans les sous-sols de son ranch avant de la transmettre religieusement à des générations d'abrutis.

Dans la salle, le silence.

Kouzma et Dominique regardent la valise. Le russe l’ouvre. Des biftons empilés. Des dollars. Des paquets de cent. Comme dans les films. Une fortune.

Au loin, on entend des portières claquer et un gros moteur se mettre en marche.

Kouzma respire.

Dominique exulte.

– Et ben voilà, c’était pas si compliqué que ça.

– Non, suffisait de s'y mettre et d'y croire.

– Y a quand même un petit problème, murmure Antoine.

– Un gros, même, renchérit Mado.

À moitié nue, un sourire genre Calamity Jane aux lèvres et ses deux flingues en mains, elle s’avance sur le bord de la scène.

– Allez, disons deux gros et n'en parlons plus.

– Mais c'est qu'elle risque de nous péter dessus, la pétasse, s'esclaffe Dominique.

Kouzma n'a aucune envie de rire. Il cherche des yeux quelque chose qu'il a dû oublier quelque part et qui, manifestement lui manque.

– Si tu la fermais, pour une fois, grince-t-il.

Trop tard. Mado lève une de ses armes d’opérette et vise la table.

Mado est trop contente de pouvoir mettre un

peu de sel dans la scénographie de son numéro pour s'arrêter en chemin. Un œil fermé et le bout de la langue au coin des lèvres, elle tire une première fois et le gros verre de bourbon explose. Puis, au jugé, elle canarde les étagères au-dessus du comptoir, pulvérisant deux bouteilles d'alcool.

– Déconne pas, ma petite Mado, braille Kouzma. Tiens, pioche dans la valise, prends ce que tu veux, mais surtout déconne pas… Ça part tout seul ces trucs là…

– Haut les mains, les gugusses ! crie-t-elle, passablement exaltée, en braquant les deux pékins en question.

– Elle est charmante, cette petite, sourit Gégé. Haut les mains… C'est délicieusement vieillot… On dirait Barbara Stanwick dans un vieux film de gangsters…

Pour une fois, Lulu ne trouve rien à répondre. Médusé, il fixe la carte que Gégé, en catimini, quasi sournoisement, avait sorti de son jeu.

– Alors là, chapeau, finit-il par lâcher.

Kouzma et Dominique sont, eux aussi, manifestement à court de répliques. Ils se sont contenté de lever les mains, à contre-cœur, c'est le moins qu'on puisse dire. Avec leurs paluches à côté des oreilles, ils ont l'air d'un couple d'homos Bataves jouant à ainsifont-font-font pour endormir le bébé qu'ils viennent d'acheter. Retrouvant ses vieux gestes, Antoine les palpe comme seul un professionnel sait le faire. Il s'empare des clefs de voiture de Dominique, déleste le russe de son coup de poing américain, le glisse dans sa poche et, en souriant, soulève la valise aux billets.

– Merci les gars... Super... Fallait pas vous donner tout ce tintouin, mais j'apprécie quand même...

Mado le rejoint, les flingues toujours braqués sur les deux malfrats.

Les mâchoires verrouillées, Kouzma ressemble au maréchal Joukov devant Stalingrad.

– Vous ne l'emporterez pas au Paradis, crache Dominique.

– J'ai horreur de dire du mal de mes créatures en détresse, sourit Gégé, mais, là, je ne suis pas sûr que ce crétin ait vraiment tout compris au film.

– Ça, c'est sûr. Si j'étais lui, c'est pas au Paradis que j'irais chercher le fric.

– Bah, laissons-le faire. Il y trouvera peut-être son salut.

– Amen.

Antoine et Mado sortent en cavalant du Paradiso. Direction la 4L dans laquelle ils s'engouffrent. Au moment où la jeune femme s'installe sur le siège avant, deux pétards explosent et projettent son string sur le gravier.

La 4L démarre comme dans un film tourné à Marseille.

Derrière eux, Kouzma et Dominique foncent vers eux, un fusil à pompe à la main.

Mais, au même instant, comme guidées par le doigt boudiné du destin, deux camionnettes de gendarmerie croisent en trombe la 4L et font irruption sur le parking. Une volée d'oiseaux bleus s'extrait des véhicules.

Kouzma jette son fusil, jure en cyrillique et met un formidable pain sur le nez de Dominique.

– Eh ben voilà, emballé c'est pesé, rigole Lulu. Pas très moral tout ça, mais bon, voler les voleurs c'est pas tout à fait voler.

– Allez, on se dépêche de la finir… Carte temps ?

– Bien sûr, ça s'impose. Je dirais même qu'il serait temps…

Gégé retourne une petite carte, posée sur un tas à part. Il la retourne et les deux pépés la lisent en jubilant : « dix jours plus tard ».

41

La Clio jaune de la Poste repart sur la route en souplesse. Devant la grande porte entr'ouverte de l'Abbaye, le Père Gilles détaille avec soin le colis qu'il tient dans les mains. Un coup d'œil aux timbres et au tampon lui apprend que l'envoi vient de Vanuatu, loin, très loin, dans le Pacifique.

Le Père Supérieur se signe et regarde le ciel puis il sourit d'un air très légèrement contrit et se signe une seconde fois.

Au chaud dans la chapelle, il déchire nerveusement le papier d'emballage. Dehors, les cloches sonnent, appelant les moines à aller pointer.

Dans le paquet, à l'intérieur d'une de ces boîtes que les fleuristes ont inventé, il découvre des rangées serrées de liasses de billets de cent dollars et, soigneusement protégée par son emballage de papier cristal, une orchidée blanche. Pas une de ces fleurs dont les couleurs flirtent avec la chair et qui semblent avoir été façonnées pour refléter l'image la plus intime de la luxure, mais une merveille d'un blanc aussi ardent que celui qui perce le cœur des apôtres sur les images pieuses qu'on distribuait au catéchisme quand le Père Gilles était gosse. Il se signe encore une fois et, après lui avoir trouvé un vase, va poser la fleur sur le maître autel. Il se dirige ensuite vers la châsse de Saint-Tugdual, la fausse-fausse qui n'en resplendit pas moins autant que la vraie-fausse, et y planque l'argent.

– Voilà qui va lui permettre de faire repeindre le réfectoire, rigole Lulu.

– Et de changer de bagnole. C'est pas pour dire, mais, moi, je trouve que la 4L, ça fait un peu bonne sœur.

42

Une plage, sublime, équipée de tout ce qu'on peut voir sur les vitrines des agences de voyage. Avec des cocotiers tout autour, – obligatoires, les palmiers et les cocotiers – la douceur du vent léger, le lagon turquoise, les graciles paillottes frémissant dans la brise et, à l'ombre, deux transats encadrant une table basse sur laquelle trônent deux gros verres emplis de glace et d'un breuvage aussi bleu que l'océan.

Antoine, en bermuda, regarde, allongée à ses côtés, Mado, bronzée, resplendissante, en bikini d'un blanc immaculé, tout à fait comme Ursula Andress dans James Bond contre Dr No.

– On n'est pas bien, là ? minaude la jeune femme.

– Ouais.

– Sans plus ?

– Comment dire ? Sans trop de plus...

Mado se relève légèrement et, à travers des lunettes aussi noires et larges qu'une portion d'autoroute, contemple un instant Antoine.

– Mais on serait mieux à la maison, non ?

– Laquelle ? T'en a une, toi ?

– Pas encore, mais j'ai une idée.

– Dis toujours.

– Celle de ma tante. Sur l'île de Groix.. Elle est à vendre.

– Ta tante ?

– Non, idiot. La maison.

– Encore une île ?

– Ouais, mais, dans celle-là, y a plein de bars.

– Ça va pas nous changer beaucoup d'ici.

– Si. Parce que, ceux là, faut les pêcher.

43

Dans le bistrot, les deux vieux s'étirent. Dehors, le soir tombe sur la ville. Les derniers clients s'apprêtent à quitter leur refuge éphémère pour aller se coltiner le froid et la réalité.

– Belle partie, dit Lulu. On a vu mieux, mais belle partie... C'est pas tous les jours.

– Ouais, admet Gégé. Pas mal. Pleine de surprises et de rebondissements, faut le dire. Mais j'ai quand même quelques doutes sur la portée éducative, pédagogique et éthique d'une telle histoire.

– Ah, faites pas votre rabat-joie. Y a pas eu mort d'homme.

– C'est vrai.

Ils se regardent.

– Vous êtes vraiment un vieux sagoin, dit Lulu.

– Et vous une vieille midinette. Bon... On se la tire, cette dernière ? C'est la règle.

– Allez...

Gégé retourne avec précaution la dernière carte

restée cachée sur la table. C'est une photo de landau.

– Ah ! Très bien ! crie Gégé, satisfait.

– C'est pas vrai ! Vous n'avez pas pu vous en empêcher, hein ? gueule Lulu qui, se levant pour partir, renverse du coude son verre d'eau sur les cartes.

44

Là-bas, sous les tropiques, un orage soudain vient d'éclater. Des trombes d'eau chassent Mado et Antoine qui se mettent à courir en riant vers leur bungalow.

Cet ouvrage a été achevé d'imprimer en mars 2004
dans les ateliers de Normandie Roto Impression s.a.s.
61250 Lonrai
N° d'imprimeur : 04-0738
Dépôt légal : avril 2003

Imprimé en France